Victor, Tougo
&
Stou
「獅子の系譜」

「触るな、嫌だ、あっっ!」
「まるで南天の実をつけたようですね。感じるとこんなになるんですか。いやらしい人だ」
「違う! おまえが触るからだ……っ」
もがいてもヴィクトルは蘇芳をがっちりと押さえ込んだまま放さず、あちこちに手や唇を這わして火照った肌を堪能する。

（本文P.171より）

獅子の系譜

遠野春日

キャラ文庫

この作品はフィクションです。
実在の人物・団体・事件などにはいっさい関係ありません。

目次

口絵・本文イラスト／夏河シオリ

I

パリ西部に位置する十六区のパッシー地区――高級住宅が建ち並ぶ瀟洒《しょうしゃ》な一角に、ひときわ威風堂々とした邸宅がある。この界隈《かいわい》に多く見られる優美なアールヌーヴォー様式のアパルトマンに引けをとらない大きさの五階建てだ。門扉や窓、壁などに施された花や蔓《つる》をデザインした装飾が個性的で目を奪われる。

「おい、屋上に空中庭園があるぞ」

屋根から溢《あふ》れる緑を仰《あお》ぎ見て、同行のカメラマンがさっそくシャッターを切る。

「ここが槇村《まきむら》帝国の次期帝王、槇村蘇芳《すおう》のパリ宅ってわけね。さすがゴージャス。絵になるわ」

体にぴったりフィットしたタイトなワンピースを身に着けた女性編集者はアイラインで強調した目を満足そうに細めた。

「建物全体の外観も何枚か撮っといて。セキュリティ上掲載の許可は下りないかもしれないけど、いちおうね」

「はい。時間まだ大丈夫っすか?」

「あと六分あるわ」

腕時計を見て答える。

槇村蘇芳は時間に厳しいことで有名だ。約束のきっかり五分前に訪れ、部屋で万全の態勢を整えて待機していなければいけない。それ以上早すぎてもだめだし、遅れるのは論外だ。蘇芳自身は時間どおりに現れる。

いろいろと気難しく細かいことにうるさい人物だという噂《うわさ》だが、なにしろ相手は世界を股にかけて活躍する財界のプリンスだ。弱冠二十四歳にして推定年収八十億超、硬質で怜悧《れいり》な印象の美貌の持ち主、しかも独身、とくれば、ラグジュアリー志向の女性をターゲットにする雑誌編集者として放っておく手はない。

今日はパリにいても明日はどこにいるかわからない、それほど多忙な槇村蘇芳とようやくアポイントがとれ、急遽《きゅうきょ》日本からインタビューをするために飛んできた。

与えられた時間は三十分。三十分経てば、話の途中であろうがなんだろうがおかまいなしに席を立つという。

「あぁ、なんか緊張してきた……!」

「俺もっすよ」

「写真のほうはお願いね。失敗は許されないんだから、それ肝に銘じて」

「わかってますって。編集長こそ、氷の王子様のいい表情を引き出してくださいよ。彼、メディアの前ではにこりともしないっていうじゃないですか。もしうちがちょっとでも笑った写真を載せられたら、すげぇ話題になりますよ、きっと」

「そうね。がんばってみる」

これまでにも様々な著名人と会い、読者の興味を惹《ひ》くような話を聞き出してきたが、今回ほど困難に立ち向かう気持ちで臨むのは初めてだ。

蘇芳の機嫌を損ねることなく三十分無事に保《も》たせられるのか、キャリア十五年のベテラン編集者と自他共に認める身であってもいささか自信がない。

五分前ちょうどに門扉の前に立ち、インターホンを押した。

すぐに応答があり、美しい細工が施された黒塗りの鉄製の門が自動的に解錠される。

門扉を潜って玄関に向かう石段を上がっていくと、待ち構えていたように重厚な両開きの玄関扉が内側から開かれた。

「ようこそおいでくださいました」

感じのいい笑顔で出迎えてくれたのは三十そこそこと思《おぼ》しきスーツの男性だ。俊敏《しゅんびん》そうな体躯《たいく》に意志の強そうな理知的な瞳をした人物で、腰が低くて控えめなのに存在感がある。

「彼があの葵《あおい》東吾《とうご》ですよ」

カメラマンが早くも興奮した調子で耳打ちしてくる。

言われるまでもない。槇村蘇芳の傍らに常に侍《はべ》る第一秘書の葵東吾もまた、関係者の間では広く知られている。

実物の彼はテレビや写真の端で見る以上に洗練されていて、品のいい整った顔立ちに惹きつけられる。穏やかで威圧的なところはどこにも見受けられないが、なんとなくかしこまってしまいそうになるのは、立ち居振る舞いの優雅さと、一分の隙《すき》も感じさせない身形《みなり》、そしてなによりいかにも有能で頭が切れそうな雰囲気ゆえだろう。テンプルにマホガニーと黒檀《こくたん》を使った縁なしの眼鏡《めがね》がさりげなくおしゃれで似合っている。

「こちらへどうぞ」

よく通る声で促し、すっと指を揃《そろ》えて行く方を示した手の美しさにも魅せられる。

案内されたのは二階に上がってすぐの十畳程度の部屋だった。ここはちょっとした取材を受けるときに使用される部屋らしく、ソファや壁、カーテンなどに見覚えがある。以前何かの雑誌で蘇芳の背景に映っていたのと同じだった。生活感がまるでなく、ホテルの一室のようだ。

「間もなく槇村蘇芳がまいります。少々お待ちください」

東吾が一礼して去るのと入れ替わりに、七分袖の黒いワンピースを着た金髪の女性がティーセットを載せた銀盆を運んできた。現地で雇ったお手伝いらしい。先ほども同じ格好をした外国人女性と階段で擦れ違った。

「何人くらいいるんですかね？」

カメラマンが羨望《せんぼう》を露《あらわ》にして小声の日本語で聞いてくる。

「さぁ。五、六人はいてもおかしくなさそうよ」

一週間と一箇所に留まることなく世界中を行き来する槇村蘇芳は、各国にこうした邸宅を構えている。毎回必ず同行するのは葵東吾ただ一人で、彼以外のスタッフは随時替わる。東吾は単なる秘書ではなく蘇芳のボディガードも兼ねているという話だ。

「すげぇよなぁ。やっぱ、槇村の御曹司《おんぞうし》に生まれるのと普通の家庭に生まれるのとでは月とスッポンだぜ」

お手伝いの女性が紅茶をサーブして退室したのを見計らってカメラマンがつくづくぼやく。

「その分、重圧も感じてるんじゃないの」

なんといっても、総資産額が小国の国家予算をも越える巨大企業グループを率いる槇村帝国の跡継ぎだ。現トップの槇村豪三《ごうぞう》が四十五のときにようやくできた一人息子で、赤ん坊の頃から徹底した英才教育を受けてきた生まれながらのプリンスである。かけられた期待の大きさは計り知れないだろう。

「でも、彼はそつなくやってますよ」

カメラマンの言葉尻にノックの音が重なる。

二人は弾かれたように椅子《いす》を立ち、背筋をピンと伸ばして居住まいを正した。

冬場には火が入れられるのであろうマントルピースの上に置かれたアンティークの飾り時計がぴったり一時を指している。

東吾が扉を開け、傍らに避《よ》けて軽く頭を下げる。

カツン、と大理石の床に靴音を響かせ、ほっそりとした青年が入ってきた。

細いが均整のとれた体つきをしていて、身長も決して低くない。腰の位置が高く、感心するほど足が長い。オーダーメイドスーツの着こなしも完璧だ。細いストライプの入ったカッターシャツに、選び抜かれた色味のソリッドタイ。袖口からちらりと覗《のぞ》くカフリンクスにはさりげなくダイヤが嵌《は》め込まれている。無色透明だが光を受けると上質な輝きを放つ。磨き抜かれた靴はおそらくガットかメッシーナのハンドメイド品だろう。

それらを二十四の若さで違和感なく身に着けた槇村蘇芳は、ゆっくりとした足取りで奥の安楽椅子に歩み寄り、背凭《せもた》れに手をかけた。

長くて形のいい指につい目が行く。女性のしなやかな手とは違うが、負けず劣らず美しい。

優雅さと威圧感を併せ持ち、高貴で冒しがたい存在だと感じさせられる。

「どうぞ、お座りください」

東吾に声をかけられ、はっと我に返った。

すでに蘇芳は安楽椅子に収まっている。

蘇芳の醸し出す強烈で稀有《けう》な雰囲気に呑まれていたのはカメラマンも同様だったらしい。二人ともぎくしゃくした動作で椅子に座り直した。

扉が閉められる。東吾は出入り口付近の壁際に立ったまま、真っ直ぐ前を向いている。見つめているのは空だけで、彫像にでもなったかのようだ。あっという間に存在感を消してしまう。

「それで、僕に聞きたいことというのは？」

初めましての挨拶《あいさつ》もせぬうちに、蘇芳のほうから単刀直入に切り込んでくる。

はるばる日本からやって来ても与えられた時間は三十分だ。冷たく取り澄ました白皙《はくせき》をどれだけ見つめても、特別な計らいをしてくれそうにはない。短時間しか都合がつけられなくて申し訳ない、などとはかけらも思ってなさそうだ。淡々とした喋《しゃべ》り方、表情らしきものがほとんど浮かばない人形のような顔。氷のプリンスとはよく言ったものである。使い古された言い回しだが、これ以上槇村蘇芳を的確に表す言葉はない気がする。

実際に蘇芳と会うと、彼の並外れた美貌にまず驚かされる。磁器のように白くなめらかな肌、すうっとした切れ長の目、細筆で毛の一本一本を丁寧に描いたような眉《まゆ》。化粧をしていないのが信じられないほどだ。顔立ちばかりでなくスタイルもいい。どこもかしこも過ぎるくらいに整っている。綺麗《きれい》な人だと承知の上でも、あまりの完璧さに戸惑う。

これでもう少し愛想がよければ現実味も増すのだろうが、蘇芳はにこりともしない。淡い桜色をした肉薄の唇は、話すとき以外は頑なに結ばれている。

唯一蘇芳を生きた人間らしく見せるのは鋭いまなざしだ。自分以外誰も信じてなさそうな冷たい瞳をしている。彼は案外恐ろしく孤独なのではないかと、ふと思う。

たった三十分ではこの複雑極まりなさそうなプリンスの内面を暴くことなど不可能だ。ちらりと覗《のぞ》き見することすらできないだろう。せいぜい、これまで数多《あまた》のメディアが報じてきたこととさして代わり映えしない回答を得て、体裁だけ整えた記事を書くのが関の山だという気がして、早くも焦りが出てくる。

まずは女性誌らしく蘇芳の華麗な日々について聞き、そこから彼のライフスタイルを浮き彫りにする。そして、できればうまく流れに乗って蘇芳が以前から高い関心を示している環境問題に関する意識や考え方にも触れてみたいところだ。蘇芳の場合、単なるポーズではなくかなり真剣にその問題に取り組んでいて、国際的なシンポジウムにもたびたび参加している。蘇芳自身の人となりを深く探るきっかけの一つになるのではないかと以前から目していた。

しかし、いかんせん、あまりにも時間がなさすぎる。おそらくそんなところまで踏み込んで聞く余裕はないだろう。

もっとちゃんと話をさせてくれたら必ず蘇芳にも槇村にもプラスになる記事を書いてみせるのに、と歯嚙《はが》みするばかりだ。

とりあえず気を取り直し、インタビューを始める。

「まず、今日のファッションについて伺いたいのですが、お召しになっているスーツは……」

＊

日本国内で発行されているという女性向けファッション誌のインタビューに三十分も時間を割いたあと、蘇芳はただちに書斎に戻った。

「お疲れ様でした」

お手伝いの女性に用意させたカモミールティーを、執務机についた蘇芳の手元に差し出しながら、東吾が恭《うやうや》しく労《ねぎら》う。

二時からはWEBテレビ会議だ。世界各国の槇村グループ傘下にある企業のトップ三十余名と重要事項を話し合い、必要に応じて有識者や専門家に意見を求め、最終的な判断を蘇芳が下す。こうした会議は臨時招集と定例の二通りあるが、今回は後者だ。議題として挙がっている戦略や計画はいずれも予定どおりつつがなく進んでおり、今のところ懸念される問題は浮上していない。おそらく報告を聞くだけで終わるだろう。

蘇芳はティーカップに口をつけ、フッと苦々しく息をつく。

「くだらない質問ばかりだった」

「若い女性が関心を持ちそうなことに的を絞ったようでしたね」

「まぁ、これも仕事のうちだと思えば、割り切らざるを得ないが」

自分自身も利用できるなら利用する、槇村のために有利に働くことがあれば個人的感情は抜きにして受け容《い》れる。常にそう心がけてきた。

忙しい時間を縫って取材に応じたのもイメージ戦略の一つだ。槇村の次期総帥がまだ若い青年というだけで世間は注目する。加えて、スタイリッシュな美形とくれば、経済に無関心な女性たちにもべつの意味で興味を持たせられるだろう。それでグループ企業になんらかの益がもたらされるのであれば御の字だ。たかがファッション誌と侮《あなど》れない。

趣味、休暇の過ごし方、パリの豪邸、セレブな交友関係についてなど、編集者が望むとおりの話をしてやった。本当は仕事のことしか頭にない退屈でつまらない人間だが、周囲には薔薇《ばら》色の人生を謳歌《おうか》していると信じられている。優雅で華麗な独身生活ですね、と羨《うらや》ましがられるたびに自嘲《じちょう》する。

蘇芳の周りに群がってくるのはみな何か目当てがある者ばかりだ。

金銭だったり、権利だったり、待遇をよくしてもらうことだったりと、様々な思惑を抱いた連中から、毎日うんざりするほど面会を求める手紙やメールが送られてくる。ときには電話までかかってくることもある。自らの名声を上げるためだとか、ステータスの一つとして蘇芳に面識を得ようとするケースも少なくない。

義理や立場上の都合から会わずにはすまされないごく一部の人たちを除き、蘇芳はそれらのほとんどを退けている。中には傲慢《ごうまん》な若造めと怒ったり、逆恨みしたりしている人間もいるだろう。しかし、いちいち頓着してはいなかった。

毎日昼夜関係なく世界各地を拠点とするグループ企業のトップたちから相談が持ち込まれ、決断を仰がれ、帝国の実質的な舵取《かじと》りを任されている。

病床に臥《ふ》している父親に代わって表舞台に立って以来、蘇芳は分刻みのスケジュールに追われ、重大な判断を迫られては神経をすり減らす日々を送っている。

帝国の実権の七割を譲られたとはいえ、今なお総帥たる父親の影響力は絶大だ。最終的に決断を下すのは蘇芳だが、父親が定めた方針には逆らえず、息のかかった顧問団からの意見は無《む》下《げ》にできない。業績は毎日父親のチェックを受け、芳しくないと世界中どこにいても電話がかかってきて叱責《しっせき》を受ける。

自分の裁量で帝国を動かしているというにはまだほど遠い。

それでも傍目《はため》には、若くして槇村の実権の三分の二強を握っている御曹司だと信じられているのだ。

「……途中、一度だけおやと思った」

ふと蘇芳は女性インタビュアーの抜け目のなさそうなまなざしを脳裡《のうり》に浮かべ、思い出す。

「環境問題について聞かれかけたときですね」

東吾は皆まで言わずとも蘇芳の話にきっちりついてくる。

「一瞬面白くなるかと期待したが、すぐに引っ込めて違う質問に切り替えた」

「時間がなくて中途半端になるだけだと諦《あきら》めたようでした」

「そのようだな」

だからといって、約束の時間を延ばしてやればよかったなどとはかけらも考えない。そこまで親切ではなかった。単に、女性誌の編集にしては意外な方向に話を振ろうとしたなと珍しく感じただけだ。

蘇芳はあっさりその話題を片づけて、執務机に置かれた木製のレタートレーに視線を流した。

「今日届いた郵便物はこれか？」

「はい。各社宛に送られてきたメールは打ち出していつものとおりファイルのほうに」

「僕が目を通したほうがよさそうなものは?」

「特にございませんでした」

東吾の返事を聞いて、蘇芳は一瞥《いちべつ》したきりの手紙の束と、閉じられたままのファイルにあっという間に興味を失った。

「処分しておけ」

「かしこまりました」

東吾が手紙とファイルを引き取る。

もう間もなく二時になる。

そろそろ会議室に移動するかと椅子を引きかけたとき、机上の電話が鳴りだした。

液晶画面にアメリカのオーク商会CEOグレッグ・バーンズのフォトが出る。蘇芳のデスクに直接かけてくるのはホットラインナンバーを知っている者だけだ。世界中どこに移動しようがこのナンバーにかけさえすれば繋《つな》がるようにしてある。携帯電話の番号はさらに限られたごく身近な人々にしか知らせていない。

「会議中だと断れ」

蘇芳は眉一つ動かさずに指示する。

「どうせまたスポーツウエア生産工場の件に一枚噛ませてくれという話だろうが、こちらの出した条件を一つもクリアできなかった無能な経営者に用はない」

無能なくせに、教えてもいないホットラインナンバーを探し当てて縋《すが》ってくる諦めの悪さ、執念は相当なものだ。正攻法ではもはや蘇芳まで辿《たど》り着けないと悟り、必死になって調べたらしい。情報を得るためにどれだけの金額をかけたのか想像すると失笑を来《きた》す。

「無益なことを」

同情は微塵《みじん》も感じなかった。

いつか自分も、取り返しのつかない失態を演じれば、この男のようにあっさり父から切り捨てられるのだろう、と冷めた気持ちで考えただけだ。

蘇芳に代わって電話に出る東吾を尻目に、自ら会議資料を抱えて書斎をあとにする。

五階建ての邸宅のうち、一階は応接室や客間、大食堂、厨房など、二階は大小の広間に遊戯室や取材用の小部屋が配され、四階と五階が蘇芳の寝室や居間といったプライベートスペースになっている。会議用の部屋は書斎と同じ三階にある。

実際に人を集めての会議をここで開くことはまずないのだが、三十畳ほどのスペースにどっしりとしたマホガニー製の楕円型テーブルが据えられ、座り心地のよい革張りのアームチェアが十脚置かれている。

蘇芳は出入り口から最も近い席に着いた。

第二秘書を務める女性がレモンを浮かべたミネラルウォーター入りのピッチャーとグラスを運んでくる。

蘇芳は会議開始時刻まで分厚い資料にもう一度ざっと目を通し、二時ちょうどに回線を開いてWEBにアクセスした。

それとほぼ同時に、電話への応答を終えた東吾が静かに入ってきて、扉の傍に立つ。

「全員揃っているな」

プロジェクターで壁面のスクリーンに映し出された画面に会議参加者の顔がずらりと並んで映し出されている。

いずれも緊張の面持ちだ。

世界各国を繋いでの会議のため、真夜中のところもあれば早朝のところもある。メンバーは今回の議題に関わりのあるグループ企業の最高経営責任者らと有識者、弁護士たちで、人種は様々だ。発言は英語で行われる。

「それでは始めようか。二〇一四年までに着工予定の原油及びリン鉱石採掘プラント建造計画、進捗《しんちょく》状況の報告から聞こう」

槇村グループはありとあらゆる業種の企業を傘下にしており、巨大プロジェクトがいくつも同時進行しているのが常だ。

蘇芳が目を通さなくてはならない資料や書類の数は膨大で、メンバーと議題の異なる会議を一日二回以上行う日もしばしばある。

蘇芳自身は幼い頃から厳しく教育されてきて、分刻みでスケジュールをこなすことに慣れている。痩《や》せているが病気はほとんどしたことがなく、無理が利く。プライベートな時間が持てたとしても特にしたいこともないため、忙しいほうがむしろ楽だ。よけいなことを考えなくてすむ。たとえば、親子の情などかけらも感じさせない冷たくよそよそしい父親についてなどだ。

蘇芳にとって父親は槇村豪三という帝国の独裁者以外の何ものでもない。一緒に遊んでくれるなどもってのほか、抱き上げてもらったことも、頭を撫《な》でてもらった覚えもない。ひたすら畏怖の対象で、目の前に立たれるだけで萎縮《いしゅく》し、緊張のあまり息をするのも憚《はばか》られるほどだ。すべてにおいて完璧であるよう求められ、蘇芳は幼少時から家庭教師を何人もつけられてスパルタ教育を受けた。少しでも成績が悪いと侮蔑《ぶべつ》に満ちた目で一瞥され、よくても当然だという顔をされる。一時も気を抜けない生活を強いられてきた。

家から一歩外に出れば、今度はあちらこちらで特別待遇だ。

小中高一貫教育の私立校に通うようになると、初等部の校長が毎朝校門前で送迎車から降りる蘇芳を出迎えた。大の大人が七歳の子供を相手に下にも置かぬ扱いをする。授業中こそほかの児童たちと同じように質問をあてられたり当番をしたりと、普通にクラスの一員として過ごしたが、友達はできなかった。「あの子は特別」という空気が子供たちの間にも広がっていて、誰も近づいてこようとしなかったのだ。蘇芳もまた、自分から親しくなろうとする性格ではなく、一人でいることに慣れていた。

後妻だったという母親のことはその存在を記憶してもいない。父親の性格に耐えきれなかった母は、帝国の跡継ぎになる子供を産むと、義務は果たしたとばかりに家を出ていったそうだ。その後すぐに離婚して、数年後再婚、現在はごく普通の家庭の主婦に収まっているらしい。父親の口から彼女に関する話題が出たことは一度もない。家には写真の一枚すら残っておらず、顔もわからない。蘇芳自身、見たこともない女性を恋しがる気にはなれず、母親はいないものだと思って育った。

母親とは縁がなかったが、母方の従兄《いとこ》である葵東吾とは学校に入って知り合った。六年生で学童会長を務めていた東吾は蘇芳を常に気にかけ、学校に少しでも溶け込みやすいよう配慮してくれた。母親のほうの一族と槇村との間にはすでになんの関わりもなくなっていたが、父親は有能な人間であれば敵でも利用する考えの持ち主だ。東吾の才覚と、誰かに仕えることでそれがより発揮される側近タイプであることを早々に見抜き、蘇芳の話し相手として翌年から家に呼び寄せた。初等部と中等部は同じ敷地内にあり、朝はいつも一緒に車で通学した。以来、東吾はずっと蘇芳の傍にいる。友人というのとはまた違うが、単なる秘書でないことは確かだ。

信頼しているし、彼がいないと困るとも思う。

今も――壁際に微動だにせず控え、包み込むようなまなざしで蘇芳を見守る東吾の視線を感じることで、少なからず力づけられている。

会議は滞りなく進み、予定どおり午後四時前には終了した。

このあとは人と会う約束もない。夕食は七時に自宅のダイニングでとる。久しぶりに東吾と二人の晩餐《ばんさん》だ。

書斎に戻って新たに回されてきた書類に目を通していると執事が来客を告げにきた。

「ヴィクトル・エレニの遣い？」

眉を顰《ひそ》めて聞き返す。覚えのない名だ。

秘書用のデスクについていた東吾がすぐさまパソコンで検索する。

「ニューヨーク在住の個人投資家に同姓同名の方がいるようです。一九八三年生まれ、ギリシャ系アメリカ人、ハーバード大学卒」

「知らないな」

蘇芳は切って捨てるように言い、執事に「断ってくれ」と返事をする。

「アポイントなしの来客には会わない」

「かしこまりました」

そつなく受けたあと、執事は恭しく続けた。

「その場合はこちらを蘇芳様にお渡しして欲しいとのことでございました」

執事が差し出したのはラベンダー色の角封筒だ。表には蘇芳への宛名がローマ字でペン書きされている。濃紺のインクがクラシカルな雰囲気で、蘇芳の関心を僅《わず》かながら掻《か》き立てた。

「今どき遣いに直筆の手紙を持たせるとは、どれだけアナクロな人間なんだ」

自分と四つしか違わない男のすることとはとても考えられず、先ほど東吾が探し当てた人物とは別人なのではないかと思った。

それならばますます得体の知れない相手ということになるのだが、何かが蘇芳の琴線《きんせん》に触れて無視しきれず、手紙を受け取ってペーパーナイフで封を切った。

二つ折りにされた厚手の紙を開き、素早く目を走らせる。

いきなり不躾《ぶしつけ》な手紙をしたためることへの詫《わ》びのあと、『覚えておられますでしょうか』という意味ありげな文章がきて、蘇芳は眉根を寄せた。

「半年前、ニューヨーク市主催のパーティーで僕を見かけた……？」

蘇芳の呟《つぶや》きを聞いて東吾がすぐにキーボードを叩《たた》いて過去のスケジュールを確かめる。

「三月二十日、プラザ・マーク・ホテルで催されたパーティーのことのようです。確かにご出席されていますね」

「そのパーティーは覚えている。しかし、あのときは二千人近い招待客がいて、顔も名前も知らないゲストが大勢いた。その中の誰かがこのヴィクトル・エレニという男だったとしても、僕にわかるわけがない。話をした中にいたのかもしれないが、いちいち覚えているものか。だいたい、半年も経ってなぜ今さらコンタクトをとろうとするんだ」

どうせまた槇村の力を借りるか利用するかしたいと目論《もくろ》んで、蘇芳に近づきたがっているだけの強欲な連中の一人に違いない。蘇芳は辟易《へきえき》しながら手紙をたたんで封筒とともにデスクの上に投げだした。

『ぜひ一度お目にかかる機会を作っていただけないでしょうか』

男性の手にしては美しい、伸びやかな筆跡で綴《つづ》られた文面が、早々に忘れ去ろうとする蘇芳の意に反してふと脳裡を過《よぎ》る。

『今、私もパリに来ています。直接会ってお話ししたいことがあります。いったんは、あまりにも唐突すぎて厚かましいだろうかと遠慮し、諦めかけましたが、日が経つにつれてやはりどうしても一度お会いしたい気持ちが強まり、自分自身をごまかせなくなりました』

まるで恋文のようだ。

ばかばかしい。タキシードを着ていたのに女が男装していたとでも勘違いしたのか。いくらなんでもそれはあり得ないだろう。

今までにも歯が浮くような言葉を駆使して、どうにかして蘇芳の気を引こうとした連中は山ほどいたが、この男はいっぷう変わった遣り口で自分自身を印象づけたいようだ。

面白いと言えば面白いが、目的も正体も不明な男にかまっているほど暇ではない。

「手紙は読んだ。遣いの者にそう伝えて帰らせろ」

「かしこまりました」

執事は蘇芳の決めたことにいっさい逆らわない。意見することもない。粛々として執事としての務めを果たす初老のベテランだ。彼がいるおかげでパリの邸宅は他のどの屋敷より居心地がいい。一年のうちの半分を蘇芳がパリで過ごす理由は彼の存在によるところが大きい。

「金色の封蠟《ふうろう》ですね」

東吾が歩み寄ってきて、封緘《ふうかん》を見るなり目を細める。

風流だと感心したようだ。

「それも獅子《しし》を象《かたど》ったスタンプとは。ずいぶん凝っていますね」

言われて初めて気がつく。何も考えずに表書きだけ見てペーパーナイフで開けたので、封緘になど注意を払っていなかった。

「東吾。きみはこの手紙を寄越したヴィクトルという男をどう思う?」

あとから反芻《はんすう》すると、ここで東吾に意見を求めた時点から蘇芳は柄にもなく揺れていたようだ。執事に断れと言った端から、やはり会うだけ会ってみるかという気持ちが芽生えていたに違いない。

　昨今ではめったにやりとりしなくなった手紙。それを郵便ではなく遣いの者に届けさせる時代錯誤さ。いったいどんな男だ、と想像を掻き立てられた。

　東吾は少し考え、目を伏せたまま、いつものとおり穏やかな口調で答える。

「正直、あまりいい感触は受けません。お近づきにならないほうが得策かと私も思います」

　普段と変わらないようでありながら、東吾の声音には疑い深い響きが交ざっていた。

　おそらく東吾自身、何か根拠があって止めているわけではなく、そこはかとなく不穏な事態になりそうな予感がするのだろう。その勘は侮れない。

　だが、東吾の返事を聞いて蘇芳はかえってヴィクトルへの関心を強くした。

　もともとあまのじゃくなところがある。

　案外面白い結果になるかもしれないとふと思ったのだ。

「その男について調べろ。徹底的に」

　正体を暴いてやる――そんな気持ちだった。

　驚いたように東吾が視線を上げる。

　舌の根も乾かぬうちからどうした気まぐれかと、戸惑った表情を浮かべている。

「その前に、遣いが帰ってしまわないうちに僕の気が変わったことを伝えにいけ。明日、午後一時ちょうどから五分だけ時間をやる、とな」

一瞬東吾は何事か言いたそうに唇を動かしかけたが、すぐに気を取り直したようだ。

「かしこまりました」

さっと一礼すると、俊敏な足取りで執事を追っていった。

＊

応接室の扉を開けた途端、室内の下手側にある長椅子から客人が立ち上がり、蘇芳に向かって折り目正しく頭を下げた。

上背のある、均整のとれた体躯をした男だ。肩幅が広くて手足が長い。贅肉《ぜいにく》はいっさいついていないことがスーツ越しにもわかる。どちらかといえば着痩せするタイプなのだろう。全体的にすっきりとして見える。

この男がヴイクトル・エレニか。

蘇芳は相手を睥睨《へいげい》するようなまなざしをくれ、大股で歩み寄っていく。

第一印象は悪くなかった。

ピンと背筋を伸ばした美しい姿勢で、堂々としている。謙《へりくだ》った態度をとっても卑屈さは皆無で、そこはかとなく自負を感じる。さらには上っ面だけでない誠意もあるようだ。生き生きと輝く黒い瞳にそうしたことが表れている。

思慮深さと剛胆さを併せ持った礼儀正しい紳士。まさにそんな感じだ。

だが、穏やかで柔和な性格をしているように思えても、ビジネスでそれなりの成功を収めているからには、辣腕《らつわん》で容赦ない一面も持っているのだろう。

侮ってかかると痛い目を見るかもしれない。

一瞥しただけでそれだけの推察をし、ヴィクトルと向かい合う。

蘇芳も決して背が低くはないが、ヴィクトルと比べると十センチ近く差がある。蘇芳は平均よりだいぶ細身なので、感覚的に彼よりずっと自分が小柄に感じられ、いい気はしなかった。何事にも負けず嫌いなのだ。

「ご挨拶するのは初めてになります」

「挨拶はいらない」

蘇芳はそっけなく突っぱね、安楽椅子にドサッと身を預けた。

悠然と足を組み、目の前に立つ男を冷たく見上げる。

「五分だけしかここにはいない。名刺は先ほど執事から受け取った。さっさと用件を言え」

ヴィクトルは一瞬虚を衝《つ》かれたように目を瞠《みは》ったが、あっという間に気を取り直し、余裕に満ちた笑みを浮かべさえした。

「失礼しました」

慇懃《いんぎん》に返して長椅子に座り直す。

場慣れしている。蘇芳はヴィクトルが少しもこの場の雰囲気に臆していないことに忌《い》ま忌《い》ましさを覚えた。蘇芳との面会を望み、初めて向き合う者は、皆一様に緊張し、なんとかして気に入られようと必死になるものだ。媚《こ》びたり諂《へつら》ったり、なにがしかの威光が自分の背後にあるのだとひけらかしたりして、蘇芳の気を引こうとする。しかし、ヴィクトルはそうした様子を微塵も示さなかった。

ほかとは違う落ち着きぶりに蘇芳の頭の中で危険信号が点滅する。

底知れない怖さを醸し出す男だ。冒しがたい品位と風格を備えている上、隙がない。

これまでずっと蘇芳は頼み事をしに来た相手を傲慢《ごうまん》に見下し、場合によっては冷ややかに弄《もてあそ》んできたが、この男はどうも勝手が違う気がしてならない。蘇芳の思いどおりに事を運ばせてくれそうになく、初めてこうした状況下で自分より格上の相手に巡り合った心地がする。

「……それで？」

努めて低い声を作り、先を促す。

地声が細くて男にしては柔らかすぎることを急に意識する。甘く見られてなるものかという意地が出た。いつも以上にそっけなく、横柄に振る舞う。蘇芳なりの威嚇《いかく》だ。

「手紙はお読みいただけましたか？」

ヴィクトルはにこやかに微笑《ほほえ》んだ顔をしたまま蘇芳の瞳を真っ直ぐに見つめてくる。真摯《しんし》でぐっと心を摑《つか》んでくるまなざしに、蘇芳は一度視線を合わせたが最後、搦《から》め捕《と》られたように逸《そ》らせなくなった。

「読んだ」

ぶっきらぼうに答え、ヴィクトルの目を煩わしげに睨《にら》み返す。

「まったく意味がわからなかった」

「それでも気になったからこうして会ってくださっているのですよね。とても嬉《うれ》しいです」

ヴィクトルは率直に口にする。

「自惚《うぬぼ》れないでもらいたい」

そのとおりだ、なぜだか気になった、と認めるのが癪《しゃく》で、蘇芳は眦《まなじり》を吊り上げ、突っぱねた。腹立たしさに拍車がかかる。厚かましいにもほどがある。いつもとは勝手が違って、ヴィクトルのほうが優位に立っているようで心外でもあった。

「僕はあなたのことなど記憶の隅に引っかかってもいない」

「ええ、もちろんそうでしょう」

「あの場に本当にいたかどうかも怪しいものだ」

「私をお疑いなのですか？」

「信じる根拠がどこにある」

蘇芳は冷ややかに言ってのけ、ヴィクトルの表情が失意に曇らないかと意地の悪い気持ちで見守った。

あることないこと、もっともらしい口実を設けて近づきになろうとする連中を、蘇芳は掃いて捨てるほど知っている。ほんの子供の時分から、どうにかして取り入ろうとあの手この手を使って擦り寄ってくる人々が周囲に山ほどいた。最初のうちは彼らの目的に気づかず、純粋に好意を持ってもらっているのだと思っていた。それがただの勘違いで、彼らが見ているのは蘇芳自身ではなく、蘇芳のバックだとわかったときにはずいぶん傷ついた。皆が蘇芳にいい顔をし、優しい声をかけるのは、蘇芳が槇村の後継者だからなのだ。

物心がつくかつかないかといった年の頃からそうした環境の中に身を置いてきた。

捻《ひね》くれるな、人を疑うなというほうが無理だ。

誰も彼も下心があって蘇芳の許に足を運んでくる。多くは事業絡みだ。少しでも得をしたい貪欲《どんよく》な連中がビジネスの世界には跋扈《ばっこ》している。そして、女。女は蘇芳に愛情を捧げるふりをしながら、その実、蘇芳の持つ莫大な資産が目当てだ。まだ蘇芳が年端もいかないうちから、したたかな女性たちがこぞってベッドに誘ってきた。赤ん坊でも授かろうものなら喝采を上げて喜んだだろう。

幸か不幸か蘇芳は相手を妊娠させたことはない。たいていの女性とは一度きりだ。二度目があるほど愛情を感じた女性はおらず、今はもうどんな才色兼備の美女がしなだれかかってきたとしても、抱き寄せる気にもならない。二十歳を前にして飽きた。もともとあまり興味もなかった。乳飲み子のときに母親に捨てられたも同然の境遇で、女性に対していい印象が一つもない。ひととおり経験したら、お腹いっぱいになった。今後もし誰かを抱かねばならなくなったとすれば、それは父親の命令に従っての義務以外ではないだろう。

蘇芳は誰も信じていない。ずっと傍にいて忠誠を誓ってくれている東吾にすら、全幅の信頼は寄せていなかった。寂しい話だが仕方がない。帝国の跡継ぎという、誰しもが羨望のまなざしを注ぐ身分と引き替えに生まれた瞬間から背負わされてきたのは壮絶な孤独感だ。この虚しさ、せつなさを理解し、共感できる人間はきっとどこにもいない。求めるのはとうに諦めた。

信じる根拠は、という切り返しに、案の定ヴィクトルは困った様子で眉根を寄せた。

憂い顔も絵になる端整さだ。

人のよさそうな振り、無欲な振り、世の中には芸達者な人間が揃っている。蘇芳は内心せせら嗤《わら》った。いつ化けの皮が剝《は》がれるのか楽しみだ。たいがい悪趣味だと我ながら自嘲するが、それくらいの気持ちでいなければやっていられない。信じて傷つけられるよりましだ。

「あなたにとっては私の訪れは突然で、いろいろお疑いになるのも無理からぬことだと思います。できれば時間をかけてお互いを知る機会を設けていただければ幸いです。私は今日、まずそれをお願いに上がりました」

「なんのために?」

間髪容れずに切り返す。

「あなたに私を好きになっていただきたいからです」

一瞬、聞き間違いかと思った。

同性からそんな言葉をぶつけられるのは初めてで、咄嗟《とっさ》に意味を量りかねた。

眉間に皺《しわ》を刻んで訝《いぶか》しげに目を眇《すが》める。

「ニューヨークでのパーティーの夜、一方的にあなたを見かけて一目惚れしました」

ヴィクトルは躊躇《ためら》うことなく告げると、ぐっと熱を帯びたまなざしを蘇芳に向けてきた。

手紙に書かれていた文面から受けた不可解な艶《つや》っぽさを再び感じる。

「冗談に付き合っている暇はない」

ばかばかしさのあまり蘇芳は椅子から腰を上げかけた。

からかわれているとしか思えず、ふつふつと憤りが湧いてくる。不愉快きわまりなかった。

「僕が女に見えるとでも言うのか。失敬な」

「いいえ、蘇芳さん。あなたはとてもお綺麗だが、私の目にももちろん同性だと映っています」

「もういい、帰れ」

蘇芳はとりつく島もなくヴィクトルを追い払おうとした。

面と向かって綺麗だなどと褒められると、逆にばかにされた心地がする。むかついて頭に血が上った。蘇芳はときどきひどく気が短くなる。母親譲りとことあるごとに周囲に言われる己の美貌を嫌悪する気持ちが心のどこかに巣くっていて、ふとした拍子に噴出することがある。普段は宣伝材料の一つとしてせいぜい利用してやると思っているが、本心では納得し切れていないのだ。母親の存在を思い出させる自分の顔が嫌いだ。彼女としては非情で冷徹きわまりない父と一緒にいることに限界を感じ、やむにやまれず蘇芳を置いて家を出てしまったのかもしれないが、残された身からすれば、どんな事情があったにせよ捨てられた恨めしさは薄れない。

掛け値なしの純粋な愛情と無縁に育ってきた蘇芳の気持ちは冷え固まり、屈折している。

ヴィクトルは真剣で、告白には口先だけではない重みが感じられたが、それだけで心を開けるほど単純ではなかった。愛しているだとか好きだとかは、蘇芳にとって最も使われたくない言葉だ。嘘だ、と頭から拒絶反応が起きる。戯れ言だとわかっているならまだ胸中で嗤ってすませられるが、いかにも本気そのものといった態度でこられると、戸惑い、強烈な疑心に駆られて攻撃的になる。

「まぁ、待ってください」

ヴィクトルは少しも動じず、穏やかなのに凜然《りんぜん》としていて無視できない声音で、蘇芳が椅子から立とうとするのを押しとどめた。

どこにも威圧的なところはなかったはずだが、抗いがたい効力があり、自分でもなぜかわからないまま蘇芳は上げかけた腰を下ろしていた。

「約束の五分までまだ少しあります」

焦るでもなくふわりと微笑んで言う。

「話はもう終わった」

蘇芳は不機嫌な顔つきのままそっぽを向く。

「男から惚れたのなんのと告白される筋合いはない」

「私には僅かもチャンスはありませんか？」

「チャンス？」

あくまでも爽《さわ》やかに食い下がってくるヴィクトルに、蘇芳は棘《とげ》のある口調で繰り返してみせて、皮肉っぽく唇の端を吊り上げる。

ちらりと横目で流し見たヴィクトルの表情は真面目そのものだ。

しかし、本心は定かでない。

騙《だま》されるな、と蘇芳は自分に言い聞かせた。少しでも気を許せばするりと懐に潜り込んでこられそうで、警戒心が湧く。

「例えばあなたが僕の欲するものを持っていて、僕に体と引き替えでもそれを手に入れたいと思わせられるなら、寝るのは可能だ」

蘇芳は感情を交えずに、他人事《ひとごと》のように淡々と言ってのけた。

取り引きの際に条件を提示するときと同じ口調だ。

「僕が欲しいなら、僕の望むものを差し出せ」

今までにも数え切れないほどたくさんの人間に対して繰り返してきた科白《せりふ》だ。傲岸不遜《ごうがんふそん》に情け容赦ない無理難題をふっかけ、意に染まぬ人間を徹底的に打ちのめした。

相手はたいてい槇村の有する絶大な影響力を利用しようとする者や、お零《あず》れに与かろうとする者たちだ。蘇芳の要求はそのつど違ったが、結局誰一人として三つ出す条件をすべてクリアできた者はいなかった。

おそらくこのヴィクトル・エレニというどこか得体の知れない不思議な雰囲気を纏《まと》った男も、

あえなく膝《ひざ》を折るだろう。

「蘇芳さん」

落ち着き払った様子でヴィクトルはひたと蘇芳を見つめる。

目力のある男だ、と蘇芳は背筋を軽い戦慄《せんりつ》が走り抜けるのを感じた。

「私はあなたをそんなふうに扱いたくはないのですが」

「はっ」

蘇芳は侮蔑を込めた視線を向ける。

綺麗事を言う男に猛烈な反発を覚えた。

「だったら本当にもうこれ以上話すことはないな」

帰れ、と続けるつもりだったが、一呼吸おいた隙にヴィクトルが素早く口を挟んできた。

「あなたの求めに応える自信がないから言うわけではありません」

ちょっとやそっとでは退きそうにない、意志の強そうな目をしている。蘇芳は開きかけた唇をいったん噤《つぐ》んだ。ヴィクトルの真の狙いはなんなのか、突き止めたい気持ちが働いた。

一目惚れ？　ばかばかしい。誰がそんな戯れ言を信じるものか。面会の約束を取りつけるアイデアとしては斬新で面白いが、本当の目的は絶対ほかにあるはずだ。

蘇芳はヴィクトルの心の奥底を探るつもりで、黙って先を促した。

ヴィクトルは神妙な表情で言葉を選ぶようにしながら話す。

「私もビジネスマンの端くれです。企業や業界の情報収集は当然ながら微に入り細を穿《うが》って行っている。あなたが個人的に近づいてくる人物に強い警戒心を持ち、取り引きを承諾する前段階として様々な条件を出して、彼らのうちの多くを自滅に追い込んだことは承知しています。あなたが過去に付き合った相手がすべて女性だということも」

「わかっているなら、あなたも痛い目を見ないうちにこのままおとなしく引き揚げろ」

蘇芳は冷淡に言ってのけた。

しかし、ヴィクトルは静かに首を振る。

「それができるものなら私はわざわざあなたを苛立《いらだ》たせにここに来てはいません」

ヴィクトルの声にせつないようなもどかしいような響きが加わる。

蘇芳はふんと鼻であしらいながらも、目の隅でヴィクトルの表情を窺《うかが》っていた。どの角度から見ても絵になる端麗で精悍《せいかん》な顔に、そこはかとなく憂いが浮かんでいる。女性ならぼうっとなるであろう男の色香と清潔感に満ちた顔つきは、癪だが魅力的だと認めざるを得ない。今はそこに、思うように気持ちを伝えられない悩ましさのようなものが加わっていて、ますます惹きつけられる。強さの中に弱さがちらりと覗くとき、人は心を揺さぶられるのかもしれない。

蘇芳もじわじわと胸に迫るものを感じ、棘立っていた気持ちをいくぶん和《やわ》らげた。

「……悪いが、僕はゲイじゃない」

「たぶんそうなんでしょう」

ヴィクトルはがっかりしたふうもなく頷《うなず》く。

「それは私も同様です。タキシードを着たあなたを遠目に見てから、急におかしくなった。そうとしか言いようがない。男の方だとわかっているのに、あの晩以来ふとした拍子にあなたのことばかり思い出して、忘れられなくなりました。私自身、自分の気持ちがなんなのか見定めるのに半年もかかったんです。あなたにすぐに理解してもらえるとは思っていません」

「ではなぜそのまま自分の胸に収めておかなかった？」

迷惑だとあからさまな渋面を作って突っ込むと、ヴィクトルは困ったように苦笑する。

「すみません。抑えきれなくなったんです。一度お会いして、お話ししたくてたまらなくなった。ダメ元で手紙を書きました」

「わざとらしい演出だった」

蘇芳は切って捨てるように言った。

「そのほうがあなたのお心に留まるかと思ったんです。あなたの許には毎日山ほどのメールや手紙が届くでしょう。どうしたら目立てるか考えました」

「確かに、遣いを立てて手紙を直接持ってくるようなまねをされたのは初めてだ」

「メッセンジャーを玄関払いされたらどうしようかと思いましたが」

「そうだな。その可能性は大いにあった。その場合は諦めたのか？」

ふと興味が湧いて聞いてみる。

ヴィクトルはにっこりと蠱惑《こわく》的な笑みを浮かべ、「いいえ」ときっぱり答えた。

自信に溢《あふ》れ、信念を貫く強靭《きょうじん》さを持った男だと感じさせる、爽やかで不敵な返事だった。

「何度でも手紙を持っていかせたでしょうね」

「信じられないな。それまでずっと僕を追いかけて回るつもりだったのか」

「幸いにも私の仕事はインターネットと電話さえ通じれば世界中どこにいてもできますから」

ユーモアを交えて快活に受け答えするヴィクトルとの会話は小気味よかった。

つい時間のことを頭からなくしていた。

いつものように壁際に直立不動で控えた東吾をふと見やって、ああ、と思い出す。

「もう時間だ。約束の五分を過ぎた」

中途半端なまま話を切り上げ、蘇芳はさっさと席を立つ。

ヴィクトルもこの場は潔く腰を上げた。

「どうかまたこうして話をする機会をください」

握手を求めて伸ばされてきた手を無視して蘇芳はにべもなく返す。

「無理だ」

東吾が応接室のドアを開け、ヴィクトルに向かって慇懃にお辞儀して退出を促す。

「私は諦めません」

ヴィクトルは最後に一言言い置いて部屋から出ていった。

Ⅱ

　ロサンゼルスに本社を置く槇村《まきむら》グループ傘下の自動車メーカーを訪れ、ＣＥＯと打ち合わせを兼ねたパワーランチ、さらにその後三時間に及ぶ全体会議を経て、自家用機でペブルビーチに移動する。夜はゴルフ場に併設されたリゾートホテル内で明日のコンペのために集まった人たちとディナーの席で顔を合わせ、ビジネスの話を交えた歓談。翌朝は七時プレースタートで、世界有数のコースを回る。午後二時からの打ち上げは乾杯の直後に抜け、再びロスに戻る。五時から三十分間テレビ番組の取材を受け、六時から州知事に近い政府関係者らとの会合に出席する。

　過密なスケジュールをすべてこなして槇村蘇芳《すおう》がロスの邸宅に帰り着いたのは、午後九時過ぎだった。

「お帰りなさいませ」

　ロス邸を切り盛りする三十代半ばの執事が恭《うやうや》しく出迎える。

「何か変わったことがありましたか？」

東吾《とうご》が執事に訊《たず》ねるのを背中で聞きつつ、蘇芳は玄関ホールを足早に抜け、階段を上って二階に行く。

寝室と続きになったプライベートな居間でスーツの上着を脱ぎ、ネクタイの結び目を崩していると、扉をノックして東吾が入ってきた。心持ち表情を硬くしているようだ。

「どうした？」

シュルッと絹が擦れる音をさせて襟《えり》から抜き取ったネクタイを東吾の腕に投げかける。

東吾が前に回ってきて、袖のカフリンクスを外してくれる。

蘇芳は空いている手でカッターシャツのボタンを開いていった。

「昨日の午後三時頃、ヴィクトル・エレニ氏の遣いが訪れて、蘇芳様が西海岸にいらっしゃる間にもう一度お目にかかれないかという伝言を持ってきたそうです」

「今度は手紙ではなく伝言か」

蘇芳はふんと冷笑し、揶揄《やゆ》交じりに吐く。

「本当に諦《あきら》めの悪い男だな」

パリで初めて顔を合わせたのは五日前だ。すげなくしたのに、ロスにまで追いかけてきてさっそくまた遣いを立てるとは、懲りないものである。

「明日あらためて返事を聞きに来るとのことですが」

「それは残念だったな」

明日の午前中にはもうロスを離れている。行き先は香港《ホンコン》だ。空港から自家用機で発つ。香港には三日間しか滞在せず、移動日を含め、いずれの日も終日予定がびっしりと詰まっている。

「遣いの人間は無駄足を踏むことになる。気の毒に」

心にもない科白《せりふ》を吐き、蘇芳は意地の悪い笑みを浮かべる。

「蘇芳様がこちらにおいでと知って、この機を逃してはと色めき立ったのでしょう」

東吾は感情の籠《こ》もらない声音で淡々と推測を口にする。

「確かにニューヨーク・パリ間に比べたら、ロスは同じUSA国内。躊躇《ためら》う距離ではないな」

「たいそう熱心ではありますね」

「簡単には引き下がりそうになかった」

去り際にヴィクトルが残していった言葉を思い出し、蘇芳はふんと鼻を鳴らした。

カフリンクスとボタンを外し終えたところで無造作にシャツを脱ぎ、東吾に預ける。

上半身裸になった蘇芳から東吾は一瞬目を逸《そ》らした。見てはいけないものを見てしまったかのごとく当惑した表情をする。何を今さら、と蘇芳はおかしかった。

東吾の前では、蘇芳はいつも無防備だ。平然と裸になって着替えたり、バスルームで湯船に浸かったまま報告を聞いたりといったこともままある。

もう慣れきっているだろうに、ときどきこうした具合に妙に意識した態度をとるのだ。すぐに気を取り直していつもの粛然とした顔つきに返ったが、興味深い観察だった。

上半身裸のまま安楽椅子《いす》に身を沈め、肘《ひじ》掛けに腕を預けて両手を鳩尾《みぞおち》のあたりで組む。

「お召し物をお持ちしますか？」

「いや。それより一杯注いでくれ」

「かしこまりました」

東吾は居間の一角に設けられたバーコーナーに向かうと、ワインセラーを開けてボトルを一本取り出した。蘇芳が好むクリュッグのクロ・デュ・メニルだ。希少なシャンパンだがいつでも飲めるように世界各地のどの邸宅にも常備されている。

「おまえも飲め。今日はもう仕事は終わりだ」

「ありがとうございます」

一人でアルコールに浸るような飲み方はスマートではない、という蘇芳の美学を承知している東吾は、さらっと受けてフルートグラスを二つ用意する。

「どうぞ」

気のせいか東吾はまだ少し蘇芳の裸に戸惑っているようだ。グラスを差し出すときに、目の

やり場に困るといった感じで視線をずらす。

受け取るとき指先が触れると、微《かす》かにピクリと頬を引き攣《つ》らせもした。

「そんなに気になるか？」

めったなことでは動じないはずの東吾が、今夜はどこか調子でも悪いのではないかと訝《いぶか》りたくなるほどぎこちなく、せっかくの機会なのでからかいたくなった。

「……お風邪をひかれるのではないかと」

俯《うつむ》き加減で目を伏せたまま、東吾はとってつけたような返事をする。

「面白くないやつ」

蘇芳はしらけて肩を竦《すく》め、グラスを傾けてよく冷えたシャンパンを一口飲んだ。

「申し訳ありません」

東吾は神妙な表情になって頭を下げた。

「座れ」

空いている椅子を顎《あご》で示して高飛車に勧める。

東吾が洗練された所作で近くの安楽椅子に腰を下ろす。蘇芳の前で控えめな態度をとっていても、単なる秘書ではない風格が滲《にじ》み出る。知的で物静かな雰囲気が、眼鏡《めがね》をかけることでより強まっている気がする。今かけている眼鏡は、ガンメタルの細いフレームにブラックの太いテンプルが主張を利かせたものだ。東吾は時と場合と、おそらく気分に合わせて、眼鏡を替える。全部で何本持っているのか、本人も正確には把握できていないのではないかと思われる。長い付き合いだが、蘇芳は東吾が眼鏡をかけだした中学三年生のとき以降、外したところを見たことがない。

東吾もグラスに口をつけるのを見届けて、蘇芳は味わい慣れたシャンパンでさらに喉《のど》を潤した。炭酸の尖《とが》った刺激が口の中や喉の奥で弾ける。この感覚が好きだ。

アルコールを嗜《たしな》む機会にはことかかず、そこそこ耐性もあるのだが、東吾ほどうわばみではない。

あのヴィクトル・エレニという男も強そうだ。

脈絡もなくふと彼の姿が頭に浮かび、蘇芳は苦い気分をシャンパンとともに嚥下《えんか》した。なんであれ他人に後れを取るのは不本意で、悔しいと感じるほうだ。ただ、生まれ持った体質はそうそう変えられないため、ある程度は自分自身の有り様を受け容《い》れるしかない。

ヴィクトルにはおよそ弱々しい部分を感じなかった。バネのようにしなやかで俊敏《しゅんびん》そうな筋肉に覆われた体つき、血色のいい健康的な肌に艶《つや》やかな茶髪、生気に溢《あふ》れた黒い瞳。何をさせてもそつなくこなしそうな、不可能と無縁であるかのような押し出しの強さ、静かでそこはかとない威圧感が、彼を一廉《ひとかど》の男だと印象づけた。

精神的にも肉体的にも強靱《きょうじん》な、非の打ち所のなさそうな男。

運気も強そうだし、酒を飲ませれば底なし、賭事をさせれば負け知らず、セックスもさぞかし巧みで精力的なのではないかと想像を逞《たくま》しくする。

「……今までいろいろな相手と渡り合ってきたが、同性から好きだと告白されたのは初めてだな。近づき方としては奇抜で、それなりに効果はあったと褒めてやるが、それが本当の目的だと信じるほど僕はめでたくない」

ばかにされたものだと腹が立つ。

「いくら奇を衒《てら》わなければ僕の注意を引きつけられないからといって、一目惚《ぼ》れした、はない。安く見られたものだな」

「私も、彼の真の目論見《もくろみ》はべつのところにあるように思います」

東吾は顔を上げて蘇芳と目を合わせ、きっぱりとした口調で言う。

「胸襟《きょうきん》を開くのはおやめになったほうがよろしいかと」

「開くものか」

もう会うつもりもない。

言外にそう含ませたのを東吾はしっかり感じ取ったようだ。安堵《あんど》した様子でふっと息をつく。

「万一彼が本気だったとしても、どのみち蘇芳様はお応えになることはできないのでは？」

「当たり前だ」

ヴィクトルには条件さえ合えば身売りも厭《いと》わないような口を利いたが、本気でそんな状況を想定したことはない。

誰が男に抱かれたりするものか。蘇芳は苦々しく胸の内で唾棄《だき》する。ましてや自分より逞しい相手を抱くなど論外だ。

東吾の顔に、聞くまでもなかったと納得する表情が浮かぶ。それと同時に、やり場のない思いを抱えたようなせつなさがちらりと垣間見えた気がしたが、すぐにそんな気配は消えてなくなった。蘇芳の勘違いだったのかもしれない。

蘇芳は頭を一振りして気色の悪い考えを頭から追い払うと、二杯目のグラスを飲み干した。

今夜はこれで打ち止めだ。不摂生することなく体調を万全にしておくのも企業のトップにいる者の義務だ。子供の頃から厳しく叩《たた》き込まれている。

「風呂に入って早めに休む。明日は六時出立だったな」

「はい。ご朝食は機内でご用意いたします」

わかった、もう用はない、と手首を軽く回し、東吾を出ていかせる。

寝る前の入浴には寝室の奥に設けられた浴室を使う。八畳程度の広さの部屋にジャグジー付きのバスタブが備え付けられていて、大きく取られた窓の外には常夜灯に照らされた中庭が広がる。バスタブの縁の枕に首を預ければ夜空が仰《あお》げ、目を凝らして星を探しながらときどき物思いに耽《ふけ》ることがある。

香港は問題ない。仕事に追われているのは嫌いではなく、忙しくて何も考える暇がないくらいのほうがよほど精神衛生上いい。

憂鬱《ゆううつ》なのは、そのあとだ。

バシャッと湯を手で撥《は》ね飛ばし、唇を噛《か》み締める。

香港の次は東京《とうきょう》だ。

本邸の東棟に、医療の最先端をいく大病院顔負けの設備を調えた病室を造り、そこにかれこれ半年以上臥《ふ》せっている父を見舞うことが第一目的である。

見舞うというより、腹心の部下たちから事細かに報告を受けているはずの蘇芳の業績や振舞いを論《あげつら》い、叱責《しっせき》するために呼びつけられるのだ。

考えただけで胃が痛くなる。

どれだけの成果を上げてみせても父は満足することがない。できて当たり前、僅《わず》かでも意に染まぬところを見つけると、血が凍りつきそうな冷ややかなまなざしで一瞥《いちべつ》され、役立たずのクズめと罵《ののし》られる。部下たちが居並ぶ前で容赦なくだ。

あの屈辱をまた味わわされるかと思うと、今すぐここで自分の首を絞めて果てたくなるほど追い詰められた心地になる。

嫌で嫌でたまらない。

このときばかりは登校拒否をする学生のような心境だ。

誰も父には逆らわない。父を怖れているのは皆同じだ。蘇芳に幾ばくかの同情を覚えたとしても、庇《かば》おうとする者は皆無である。唯一の味方であるはずの東吾もここではまったく無力だ。

部屋に近づくことすら許されず、蘇芳の戻りを階下の別室で待っている。

自分では完璧なつもりでも、父はなにがしかの不満を抱く。蘇芳にはそれが予想の範疇《はんちゅう》外で、回避する術《すべ》がない。だから毎度顔を合わせるのが億劫《おっくう》だ。見舞いどころではなく、常に兢々《きょうきょう》と気を張り詰めさせている。

寝たきりになってからというもの、父はそれまでに輪をかけて扱いづらく居丈高になった。口うるさいだけでなく、些細《ささい》なことで激昂《げっこう》しては暴力的な振る舞いをする。自由に動けないせいで蓄積した鬱憤を晴らすかのごとく蘇芳に当たるのだ。

「あれで病人なんだからな」

蘇芳は溜息交じりに呟《つぶや》いた。

いつだったか、父の体調を心配する言葉を口にした途端、「よけいなことだ！」と声を荒げ、手元にあったファイルを投げつけられたことを思い出す。

ファイルは蘇芳の頬を掠《かす》め飛び、皮膚が切れて血が流れた。

付き添いの医者や看護師はもちろん、その場に居合わせた三名の重役たち全員、息を呑んでいた。誰も一言も発することができずに、ただ唖然《あぜん》となりゆきを見ていたのだ。

あれだけの元気があるなら、心配するには及ばないだろう。

以来、蘇芳は父に「大丈夫ですか」「お加減はいかがですか」程度の言葉すらかけないようにしている。父も、何事もないかのごとく普通に接せられるのを望んでいるようだ。

実際の病状はあまり芳しくないと主治医から聞かされているが、蘇芳には父が逝くということがまったく想像できない。あんな諦めの悪い強欲な男がそう簡単に自分の命を手放しはしないだろうと確信的に思うばかりだ。

嫌なことが待ち構えているとストレスが溜まる。

酒も女も解消には役立たない。

セックスなどむしろ面倒なだけだ。最近は自慰すらろくにしていない。どちらかといえば淡泊なほうなのだろう。昔から積極的に女性を求めたことはなかった。今はもう、医療行為のように、じっとしている間に扱くなり咥《くわ》えるなりして出させてもらえればいいと本気で考えている。そのほうが疲れることもなく楽だ。気持ちのいいこと自体は蘇芳とて嫌いではない。

父親を見舞ったら、長居をせずに東京を離れ、しばらくパリにいるつもりだ。香港での仕事をうまく片づけられたらようやく少しだけゆっくりする時間ができる。

久しぶりに美術館巡りでもしたいと思う。オペラやバレエを鑑賞するのもいいかもしれない。

それまでの辛抱だと自分に言い聞かせた。

＊

「そうか。やはり香港にも追いかけてきていたか」

どこまでも期待を裏切らない男だ。面白い。

そんなふうに思って自然と口元を綻《ほころ》ばせ、蘇芳は車窓を流れる景色に目をやった。

一ヶ月半ぶりの東京《とうきょう》はこれといって変わったふうもない。右手に皇居のお濠《ほり》が続く中、左手に見えてきた最高裁判所の横を通り過ぎていく。

日本には昨晩到着したばかりだ。香港での仕事は滞りなく進んだ。予定どおり三日間の滞在で、打ち合わせや業務提携契約の締結、関連企業の視察などといったスケジュールを息をつく暇もなくこなした。

香港島南に位置するレパルス・ベイにリゾートタイプの邸宅を所有しており、滞在中はそこを拠点にしたが、実質夜寝に帰っただけで、ほとんどいなかった。

ヴィクトル・エレニが寄越した遣いは、蘇芳が香港に来て二日目の午後、伝言を携えて折り目正しい態度で訪れたという。

ヴィクトルはロスで冷たく袖にされたことなどなかったかのごとく、懲りもせずに、

「お時間のご都合のつくときに、どこにでもお伺いします。ぜひもう一度会ってください」

と懇願しているそうだ。

遣いの者も苦労が絶えないことだろう。気の毒に、と柄にもなく同情したふりをする。受けた執事は六十を越えた厳格かつ融通の利かないところを発揮して、丁重に承りはしたものの、いわゆる慇懃《いんぎん》無礼な態度で遣いを帰らせたようだ。

「お構いにならないほうがよろしいかと存じます」

リムジンの後部座席で斜向《はす》かいのシートに控えた東吾が感情を込めずに言う。

もちろん蘇芳もそのつもりだった。

「これしきで僕が靡《なび》くと思っているのなら笑止だ」

「侮《あなど》れないのは彼の情報収集力ですね」

そこで東吾はつっと形のいい眉根を寄せた。

「蘇芳様のご予定を逐一把握しているようです。こちらの行動を監視しているのでしょうか」

「彼が産業スパイだとすればあり得るな」

蘇芳は冗談めかして嗤《わら》ったが、東吾は表情を硬くしたまま、にこりともしない。

「気になるなら洗ってみろ」

納得するまで調べさせれば東吾も眉間の皺《しわ》を消すだろう。蘇芳自身もすっきりする。

「かしこまりました」

東吾はすっと頭を下げて答える。

さて、何が出てくるか。蘇芳は長い足を組み、不敵な笑いを浮かべた。

ヴィクトルが本気で蘇芳に恋愛感情を持っているとは、もちろん信じていない。個人投資家などという肩書きも怪しいものだ。身分そのものは偽ってなかったとしても、蘇芳と懇《ねんご》ろになりたがる本当の理由をつまびらかにしたかった。

「また遣いを寄越すのだろうな、おそらく」

ロサンゼルス、香港、と追ってきてここで諦めるとは思えず、蘇芳は冷やかしを込めて言った。鬱陶しいには違いないが、心のどこかで、どうせならもう一度はっきり引導を渡してやるから来てみろ、と受けて立つ気持ちが芽生え始めていた。

手応えのある相手と関わるのは本来嫌いではない。お追従《ついしょう》を並べ立ててこちらの顔色ばかり窺《うかが》っている連中よりはよほどましだ。退屈凌《しの》ぎにもなる。

東京での居場所まですぐに突き止められるならたいしたものだ。

蘇芳は父のいる本邸を避けて、都内の外資系名門ホテルに部屋を取っている。二日になるか三日になるか、滞在期間は今のところはっきりしないが、できるだけ早くパリに戻るつもりだ。これから父と会い、そのときの感触次第で、すぐに東京を離れられるかどうか決まる。無理難題をふっかけられれば、否応なく滞在を延ばさざるを得ない。父の機嫌次第だった。

世界各地に自邸を構える蘇芳も、本邸のある東京にだけは建てるのを遠慮している。父親がいい顔をしないことはわかりきっているからだ。なるべく父に花を持たせ、逆らわないこと。それが適度な距離感を保って心安らかにすごす秘訣だ。争っても勝ち目はない。ますます縛りつけられて、窮屈な思いをするはめになるのは目に見えている。

道路の流れはスムーズで、目黒《めぐろ》区青葉台《あおばだい》に四千坪の敷地を持つ槇村豪三《ごうぞう》邸まで二十分とかからなかった。

門扉が自動で開き、リムジンごと敷地内に乗り入れる。

個人宅とはとても思えない、四階建てのマンションを思わせる箱形の建造物が槇村本邸だ。いつ見ても無駄に広大で、威圧感を醸し出している。隙《すき》のない万全なセキュリティに守られた本邸はさながら城塞《じょうさい》のようだ。

正面玄関前の車寄せに着く。

スーツ姿の男たちがずらりと立ち並び、蘇芳を出迎える。

先に降りた東吾がドアを支え、「蘇芳様どうぞ」と恭しく促す。

蘇芳は早くも重苦しくなり始めた胃に不快感を覚えつつ、胸を張って姿勢を正し、毅然《きぜん》として車を降りた。

集まったグループ企業のトップたちがザッと一斉に頭を下げる。一糸乱れぬ様は壮観だった。ときどき蘇芳は暴力団幹部の屋敷に招かれることがあるが、雰囲気はそれと大差ない。やっていることも案外彼らとそう変わらないかもしれない、と腹の中で自嘲《じちょう》しながら、堂々とした足取りで邸内に入っていく。

ちょっとしたシティホテルのロビーフロア並みの広さを持つ玄関ホールには執事を始めとする主だった邸内スタッフが、これまたきちんと整列して待っていた。

蘇芳が子供の頃から本邸に勤めていて、十年ほど前、前任者に代わって執事になった由良《ゆら》が慇懃に腰を折る。

「お帰りなさいませ、蘇芳様」

「久しぶりだな、由良」

ここを訪れるのは二ヶ月ぶりだ。

月に何度も見舞いに来る必要はない、そんな暇があれば一円でも多く稼ぐ努力をしろ、という父の言葉に従い、このところ呼びつけられない限り足を向けずにいた。

病室は東棟に設けられている。二階部分を改築して最先端の医療機器を完備した、大学病院顔負けのものだ。かかりつけの医師が三名、交替で二十四時間態勢を敷き、容態を診ている。

今年六十九になる父は決してもう若くはないが、まだまだ死ぬ気はないようだ。蘇芳としてもそのほうが助かる。父の前では口が裂けても言わないが、帝王の後を継ぐなど荷が重すぎて冗談ではない。正直、今でさえ肉体的にも精神的にもいっぱいいっぱいだ。これ以上負担が増えないよう、父にはできるだけ長生きしてもらわなければ困るのだ。父が生きているのといないのとでは雲泥の差がある。

医師や看護師たち医療スタッフ以外で病室に入ることを許されているのは、帝王の腹心として信頼の厚い部下数名と蘇芳だけだ。

いつものとおり一階で東吾と別れ、腹心二名に先導されて病室に向かう。

「お加減は？」

「前回お見舞いいただいたときとほぼ同じです」

一人が厳《いか》めしい顔つきのまま答える。

よくも悪くもなっていないというわけだ。あまりいい返事ではなかったが、蘇芳は表情を変えずに「そうか」とだけ口にした。反面、今日明日に容態が急変して重篤になる可能性も薄そうで、とりあえずホッとしてもいた。

単純に好きか嫌いかを問われると、蘇芳は父が嫌いだ。可愛がってもらった覚えは皆無だし、厳しさの中に親子の情を感じたこともない。父は自分をなんでも命令を聞くロボット、血の繋《つな》がりがある分裏切る心配のない操り人形と見ているにすぎない、と気づいたのは小学生の頃だ。憎むところまではいかないにしろ、好意など到底抱けない。愛されたことがないので、愛し方を知らないのだと思う。今まで誰に対してもそうした情を掻き立てられたことはなかった。

病室の両開きの扉が開かれる。

三十畳はあろうかという広くて豪奢《ごうしゃ》な室内だ。

奥に天蓋《てんがい》付きのベッドが据えられている。ドレープのカーテンは柱に括《くく》りつけられており、リクライニングベッドに横になったまま上体を起こしている槙村豪三の顔が目に入った。

また少し痩《や》せたな、と蘇芳は一目見た瞬間に思った。

しかし、猛禽《もうきん》類のような鋭く容赦のないまなざしは相変わらずだ。覇気をなくした様子もなければ、少しは性格が丸くなったふうでもない。あまり機嫌はよくなさそうだなと感じ、来た途端に帰りたくなった。いい予感は一つもせず、挨拶《あいさつ》を交わす前から憂鬱な気分になる。

「お起きになっていてよろしいのですか？」

「誰に向かって口を利いている」

居丈高な調子でさっそくぴしゃりとやり込められ、蘇芳は鼻白んだ。だが、父に楯突《たてつ》くつもりは毛頭ない。無意味だし、不愉快な思いをするだけだ。僅かでも気に障る言動をすれば、鬼のような形相で罵詈雑言《ばりぞうごん》を浴びせてくる。

劣悪な遺伝子だけ受け継いできた出来損ない、容色以外取り柄がないならせめてそれを有効活用しろ、等々、ひどい言葉を投げつけられるたび、平静を保った仮面の下で激しく傷つき、屈辱に息が詰まりそうになりつつ耐えてきた。

「申し訳ありません」

形ばかりに謝って、話がしやすい距離までベッドに近づく。

傍に寄ると薬の匂いが微かにした。点滴の針が腕に刺さっている。気力は充溢《じゅういつ》していてもやはり病人なのだと再認する。もしかすると一番自覚がないのは本人かもしれない。蘇芳は少しだけ、父を嫌悪し煩わしく思う気持ちをあらためた。会えば皮肉と暴言ばかり、お世辞にも性格がいいとは言い難いが、それはもう諦めがついている。相容れない関係でも、父に逝かれるのはやはり辛《つら》い。生まれてすぐ母親に捨てられ、近しい親族と言えば従兄《いとこ》の東吾だけだ。叔父や叔母、従兄にはとこなど実際にはまだ何人かいるのだが、財産目当てがあからさまな彼らを蘇芳はいっさい信用していなかった。

蘇芳の顔を僅かに見上げ、豪三は威嚇を込めたまなざしを向けてきた。冷徹な権力者の目で蘇芳をねめつける。

「香港での商談はどうにか纏《まと》めたようだな」

　サイドチェストの上に置かれた厚手のファイルを流し見て、満足した様子もなく言った。

「申し訳ありません」

　蘇芳は目を伏せ、父の叱責を受ける前に力不足を謝った。

「周《しゅう》先生は聞きしに勝る老獪《ろうかい》な人物で、こちら側の提示する条件をいくつか譲歩しなければ話し合いの卓に着いていただけませんでした」

「若輩者だと甘く見られたのだろう。腑甲斐《ふがい》ない！」

　確かに侮られている感触は肌で感じていた。舐《な》めるような目でとっくりと全身を見定められ、怖気が走ったのを思い出す。香港経済に大きな影響力を持つ人物で、避けては通れなかったのだが、彼と共にいる間、蘇芳は一瞬たりとも気を抜けなかった。隙あらば付け入ろうと手ぐすね引いているのがひしひし感じられたのだ。

「おまえのその見てくれのよさは、くだらない女性誌のインタビューを受けるためにだけ活用されるものなのか。この役立たずめ」

　どういう意味でそんなふうに言うのか、問うまでもない。

　周老人には最終的に金と利権の一部譲渡を約束することで片をつけたのだが、蘇芳自身が狙《ねら》われていたのは間違いない。好色さとサディスティックさの交じった目で何度も品定めされたのだ。事前の調査でも周老人の性癖は承知していた。

最後の最後にはそれも覚悟して商談に臨んでいたが、想像しただけで虫酸《むしず》が走り、必死で回避する努力をした。

男に抱かれるなど蘇芳の感覚的にはあり得ない。ましてや相手は加齢によるシミが目立つ、脂ぎった巨漢だ。体を好きにさせることを許せる相手ではとうていなかった。

曲がりなりにも自分の息子に対して、なぜ身売りしなかった、と責める父親の悪辣《あくらつ》さに呆《あき》れつつ、蘇芳はまたもや神妙な顔つきで「申し訳ありません」と繰り返した。

へたに言い訳すれば、豪三は火がついたように怒りだす。

水差しを取って、中の水を蘇芳の顔めがけて叩きつけるくらいのことはするだろう。

父の前で賢《さか》しく弁の立つところを見せても仕方がない。愚鈍な馬鹿息子と嘲《あざけ》られるくらいでちょうどいいのだ。なんのかんのと暴言を吐きつつも、豪三も蘇芳がやるべきことをやっていることは内心認めてくれている。それは濁って灰色に近くなっている目を見れば明らかだった。

ただ、素直に息子を褒めることに死ぬほど抵抗があるようだ。

「次にまた同じケースがあったときのために、自分をもっと有効活用する術を覚えておけ。女に飽きているのなら男が相手でもよかろう。おまえには案外そっちのほうが合うかもしれん。ただし、どこの馬の骨とも知れん若造は論外だ」

部下たちも同席する中で、蘇芳の立場など慮《おもんばか》りもせずに平然とそんな科白を吐く。最後の言葉は語気を強めて逆らうことを許さない調子で、蘇芳は背筋を緊張させた。

ヴィクトルを指していることは間違いない。すでに豪三の耳に入っているのだ。

「恋愛には興味ありませんので」

蘇芳は顔色ひとつ変えずに返す。

「益にならない相手と付き合うつもりはありません」

「当然だ」

豪三は傲岸《ごうがん》に言い放つと、枕元近くに控えていた秘書に向かって顎をしゃくり、彼が大事に抱えていたファイルをベッドテーブルの上に広げさせた。

「かねてより懸案のブーゲディール首長国のレアアース精錬工場建設問題はどうなった。政府からの認可はまだ下りないのか。何をぐずぐずしている！」

ようやく本題に入る。

またしても返事に慎重を期さねばならない難題について追及され、冷や汗が出る。

それでも、てっきりヴィクトルの件をもっと突っ込まれるかと思っていたので、話が変わってホッとした。豪三のことだから、ヴィクトルについて調べさせていないはずはない。胡乱《うろん》な人物であれば当然もっと横槍を入れるはずだ。

逆に言えば、ヴィクトルの素性に怪しいところはなかったということなのか。蘇芳は半信半疑ながら、そう考えるしかない気がしてきた。帝国に害をなす可能性のある人物だったなら、豪三は躊躇いもなく排除するために裏で手を回すだろう。蘇芳個人に関心を持って纏わり付いているだけだと確信したなら、しばらく放っておいて様子見するかもしれない。豪三は現時点では後者の対応をとることにしたようだ。

レアアース採掘の件を皮切りに、豪三は蘇芳が抱えている様々な事業の進捗《しんちょく》状況を厳しくチェックして、やり方が生ぬるいと檄《げき》を飛ばす。

事細かに指図し、必ず成果を上げろとプレッシャーをかけてくる。

豪三にはどこまで高みに登っても満足することのない強欲さがあり、尽きせぬ欲望と野心が生命力を維持しているに違いない。

自分はまるで猿回しの猿だ――蘇芳は「はい」「はい」と従順なふりをして父の言葉に頷《うなず》きつつ、やるせない心地になっていた。

仕事は好きだ。自惚《うぬぼ》れるなと叱責されるのを承知で言わせてもらえるなら、交渉は決して不得手ではないと思うし、人の関心を惹く力も持ち合わせていると自負している。

いつまでも単なる傀儡《かいらい》、父の代行という立場に甘んじているのは不本意だ。プライドも許さない。もっと認めて欲しい。口出しせずに任せてもらいたいと思う。

だが、豪三にはそんな心積もりは微塵も窺えない。自分の目の黒いうちは蘇芳の勝手にはさせないと言う。七割方帝国の決裁権を任せているというのは世間に向けたイメージづくりであって、実際には蘇芳の意のままにできることはほとんどない。サインするのは蘇芳でも、サインするかどうか決めるのは豪三なのだ。病床に臥してからというもの、独断専行に拍車がかかった。より短気になり、余裕がなくなった気がする。思うように動けないのが歯痒《はがゆ》く、腹立たしいのだろう。

父が病に倒れてからは、蘇芳が自分の意見を控えることで極力刺激しないようにしているが、もともと蘇芳も気が強いほうだ。以前はしばしば親子で衝突することがあった。打ち合わせの席でまっこうから対峙《たいじ》したこともある。グループ企業内における内輪の会議ではもちろん、外部の人間が出席する中でも黙っていられず口出しして、側近連中をヒヤヒヤさせたのも一度や二度では収まらない。テレビ中継が入ろうが、関係国の担当相や王族が列席していようが頓着しない無謀さで、我ながら青かったものだ。ほんの二、三年前の話だ。圧倒的な力を持って自分の前に立ちはだかる壁にはじき返されるのが悔しくて、なにかと反発していた時期だった。

焦る必要はない、いずれ蘇芳も否応なく采配をふるわねばならないときがくる。それまでは父の下で帝王学を学び、後継者として誰しもが認める存在になっていなければいけない。そう己に言い聞かす。

「いいな、蘇芳。槇村の意向に刃向かうやつらに情けは無用だ。徹底して叩き潰《つぶ》し、合併吸収しろ」

「ご期待に添えるよういたします」

話が一段落すると、豪三は急に疲れを覚えたように目を閉じた。

「もういい、出ていけ」

「お父さん……」

青ざめて見える顔色を本能的に心配し、思わず一歩近づきかけたが、重そうに瞼《まぶた》を持ち上げた豪三に睨まれ、踏み止まった。

「失礼しました。それでは、わたしはこれで。次にここを訪れる際にはきっとまた朗報を携えてまいります」

一礼して顔を上げたときには、豪三は再び目を閉じており、相槌《あいづち》すら打たなかった。

あとを側近と医師たちに任せて病室を出る。

「お疲れ様でした」

階下で東吾の顔を見たとき、ようやく肩の力が抜けた。

普段は意識しないが、ひしひしと東吾の存在の大きさを噛み締める。

「ホテルに戻る前にランチをすませる。付き合え」

「はい、蘇芳様」

父と会うという、これ以上ないくらい神経をすり減らす用事をどうにか果たせて、とりあえず人心地つけた。

今日はもう何もする気が起きない。父と会う日にほかの予定を入れることは避けているのでスケジュール的にもフリーだ。

たまには息抜きをして癒されたいものだ、と思いつつリムジンに乗る。

車は滑るように走りだし、槙村本邸を離れていった。

＊

青山《あおやま》の閑静な住宅街でひっそりと営業している、知る人ぞ知る隠れ家的フレンチレストランでランチのコースに舌鼓《したつづみ》を打ったあと、逗留先《とうりゅうさき》のホテルに戻った。

正面玄関で車を降り、ドアマンが「お帰りなさいませ」と感じのいい笑顔で開けてくれた扉を潜り、ロビーラウンジに入る。

「これからいかがなさいますか？」

東吾に聞かれ、部屋で休むと答えようと口を開きかけたときだ。

前方から近づいてくる人物に気がつき、まさか、と目を眇《すが》めた。

東吾も不意打ちに遭った様子ではっと息を呑む。

きっと東京にも現れるだろうとは予測していたが、よもやヴィクトル本人がこうも素早い行動に出るとは思っていなかった。昨日チェックインしたばかりのホテルを突き止め、ロビーで待ち伏せしていたとは恐れ入る。

「またお会いできましたね。嬉《うれ》しいです」

ヴィクトルはまるっきり悪びれたふうもなしに、快活な微笑《ほほえ》みを浮かべて会釈する。

へたをすればストーカー行為と訴えられかねないまねをしておきながら、ヴィクトルの放つ気品に溢れた雰囲気は犯しがたく、文句を言う気が失せてしまう。

べつにそのまま知らん顔をして擦れ違ってもよかったはずだが、蘇芳は足を止めてヴィクトルと向き合っていた。彼の醸し出すオーラに惹《ひ》きつけられ、無視できなかったためだ。

「蘇芳様」

行きましょう、と東吾が促したがっているのがわかったが、蘇芳は左腕を横に伸ばして東吾を遮った。控えていろという合図に、東吾は不承不承ながらに一歩退く。東吾とは長い付き合いだ。蘇芳の態度に納得しかねているのは明らかだった。

「遣いを立てるのはやめたのか」

蘇芳はヴィクトルを真っ向から見据え、揶揄を込めて言った。

「いえ、実はここであなたと会えたのは偶然なのです」

「よく言う」

蘇芳がせせら嗤っても、ヴィクトルにきまり悪そうな様子は窺えず、にこやかな顔つきのまだ。泰然としていて、疚《やま》しいところはなさそうだった。

「信じていただけないのも無理ありませんが、あなたがお留守だと知って、仕方がないのでこれからちょっと外出するつもりで下りてきたところでした」

「要するに、あなたもこのホテルに泊まっているのか」

「ご迷惑でしたら、ほかに移ります」

「べつに」

蘇芳はフッと溜息をつき、冷ややかに答える。

「ホテルは公共の場所だ。どこに泊まろうと好きにすればいい」

それと蘇芳が彼とあらためて会う気になるかどうかは別問題だ。

「ありがとうございます」

ヴィクトルは胸に手を当ててすっと美しく頭を下げた。

まるで姫君に忠誠を誓う騎士のようだ。ヴィクトルにかかると大仰なしぐさも芝居がかって見えない。

濃茶色の髪、黒い瞳、彫り深い端麗な容貌をした異国の貴人——米国在住の投資家というより、欧州の旧家に生まれ育った御曹司《おんぞうし》だと称するほうがしっくりくる。

「もともとはギリシャの出身だそうだな」

「はい」

唐突に脈絡もない質問をしても、ヴィクトルは落ち着き払って返事をする。

蘇芳と会話できて嬉しい、できるだけ長くこうしていたい、そんな彼の気持ちが伝わってくるようだ。

実のところ蘇芳もまんざらでもなかった。父に会って嫌な思いをさせられ、沈みがちだった気分が少しずつ晴れてくる。

傍らで東吾が何か言いたそうにしているのが目の隅に入っていたが、蘇芳は一顧だにしなかった。自分に好意を抱く相手と話をするのが今は心地よかった。傅《かしず》かれることに優越感を覚え、矜持《きょうじ》が満たされる。一目惚れしたというヴィクトルの言葉を鵜《う》呑《の》みにしたわけではないが、彼の誠実そうな態度や熱の籠もる目つきを見ていると、適当にあしらって遊ぶだけなら少々相手になってやっても問題ない気がしてきた。

「これから出かけるところだと言ったな。仕事か？」

「いえ、観光です」

「優雅なものだ」

蘇芳が皮肉ってもヴィクトルは微笑みを絶やさない。鷹揚《おうよう》で、余裕綽々《しゃくしゃく》として見える。職業柄肝が据わっているのだろう。

「蘇芳さんはこのあとご予定がおありですか？」

「……いや。ない」

一瞬躊躇ったが、蘇芳は正直に答えた。

東吾の食い入るような視線を横顔に感じる。どういうおつもりですか、と唖然《あぜん》としているのが、振り向かずともわかった。

こう答えれば次に言われることは当然決まっていた。

「よろしければご一緒いただけませんか」

「あいにくだが僕は東京観光などしたことがない。案内を期待しているなら無理だ」

一転してそっけなく突っぱねる。

固唾《かたず》を呑んで蘇芳とヴィクトルのやりとりを見守っていた東吾が、緊張を解いたのも束の間、ヴィクトルは端《はな》から承知しているとばかりに頷《うなず》いた。

「では、私に蘇芳さんを案内させてください」

意表を衝く展開だったが、ヴィクトルはまるっきり本気らしく、からかっている様子は微塵も窺えない。それでも蘇芳にすんなり彼からの提案を受け容れられるはずもなく、渋面を作って首を横に振る。

「呆《あき》れたな。なぜ僕が外国人のあなたに観光案内されなくてはいけないんだ。馬鹿も休み休み言え」

蘇芳は語気を荒くして、機嫌を損ねたことを露《あらわ》にした。

しかし、ヴィクトルは気にしたふうもなく、のんびりした口調で続ける。

「外国人の私が行きたがるところですから、そう珍しい場所ではありません。ガイドブックはひととおり頭に入れていますので、迷子になる心配もないと思いますよ」

「だったら一人で行ってくればいい」

「まぁそうおっしゃらずにお付き合い願えませんか。誓ってあなたを危険に晒《さら》したりしません。なんでしたらボディガードをお連れになってもかまいませんよ」

このあと予定はないと答えた時点で、蘇芳は心のどこかで、いっそのことヴィクトルとの距離を少し縮めてみようかという気になっていたのだろう。本気で嫌なのだったら、けんもほろろに無視して立ち去り、言葉を交わしさえしなかったはずだ。蘇芳はそうしたとりつく島もないあしらい方をしょっちゅうしている。

「観光するのにボディガードつきか。笑えるな」

蘇芳はにこりともせずに言うと、東吾を横目で流し見た。

「心配してもらわなくとも僕の身に何か起これはすぐさま私設の警備チームが対応する手筈になっている。むろん警察上層部にも懇意にしている官僚がいて、こちらからの要請に合わせて動いてくれる。世界中どこであれ槇村の威光が及ばない場所はない。覚えておけ」

この際だったので脅しをかけておく。

「承知しております」

ヴィクトルは恭《うやうや》しく答え、じっと蘇芳の目を見つめた。

「でしたらなおのこと、私ごときがあなたをどうこうできるわけがないとご承知でいらっしゃるかと思います。それとも、蘇芳さんはそんなふうにおっしゃりつつ私を怖れていらっしゃるのですか?」

「挑発する気か?」

蘇芳は声のトーンを下げ、ヴィクトルを睨み返す。

そんな単純な手に乗るものかと頭では理性を働かせているつもりでも、ムッとして感情的になってしまうのを完全に抑えられはしなかった。

「蘇芳様」

黙って見ていられなくなったらしく東吾が再び声をかけてくる。緊迫した雰囲気が声音に滲《にじ》んでおり、東吾の焦りが感じられた。このままではまずいと思ったのだろう。蘇芳の負けん気の強さをよく知っている東吾は、蘇芳が意地から気まぐれを起こす前になんとかして止めなくてはと、無礼を承知で口を挟まずにいられなくなったようだ。

東吾の心配をよそに、蘇芳は次第にヴィクトルの思惑に乗る気になってきた。

それでもなお冷淡な態度をとり続ける。簡単に素直になれる性格ではなかった。

「こうまであからさまで不躾《ぶしつけ》なのも珍しい」

「すみません。不器用なもので」

「本当に不器用な者は自分でそうは言わないものだ」

決してヴィクトルの言葉を真に受けて、彼が自分に本気で恋愛感情を持っているから誘うのだと信じたわけではない。蘇芳はそうした含みを込めて一蹴した。

「私をもっと知っていただいたら少しはお疑いも晴れるかと思うのですが」

「べつに晴らす必要もない」

ヴィクトルは困ったように苦笑した。

「私にはまったく興味ありませんか？」

「さぁ。どうだろうな」

蘇芳は思わせぶりにはぐらかす。興味がなければこんなふうに話をする機会すら与えていない。東吾は当然わかっているはずだった。案外、ヴィクトルも蘇芳が虚勢を張っているだけだと察しているかもしれない。

「こんな場所でいつまでも立ち話するのはごめんだ」

先ほどから、ロビーラウンジにたむろしている人々が好奇の目でこちらを見ている。蘇芳の顔はしばしば雑誌や業界誌に載ることがあって知る人ぞ知るだし、すらりとした長身で見栄えのする容貌をしたヴィクトルもまた非常に目立つ。よけいな注目を浴びるのは避けたかった。

さっさと踵《きびす》を返した蘇芳に、東吾が狼狽《うろた》える。

「蘇芳様、どちらに……？」

客室フロアに上がるエレベータホールがある方とは反対に歩をとったからだ。

蘇芳は東吾ではなくヴィクトルに向けて視線を流し、

「来ないのか」

と聞いた。

ヴィクトルが驚いたように目を瞠《みは》る。

「よろしいのですか」

「そっちが誘ったんだろう」

このまま部屋にいても気分が塞いだまま無為に過ごしてしまいそうで、それよりはこの得体の知れない男を観察するほうがよほど有意義だ。なぜか蘇芳はヴィクトルが自分に危害を加えるかもしれないとは思わなかった。そういう意味での危険はなさそうだと、子供の頃から危機管理を徹底するよう教育されてきた蘇芳の勘が告げていた。

「お待ちください、蘇芳様！」

「口出しは無用だ」

慌てて引き止めようとする東吾に、蘇芳は有無を言わさぬ口調でぴしゃりと言った。

「では、私もお供させていただきます」

東吾もあっさりとは退かない。彼の立場を考えれば無理もないが、蘇芳にとっては煩わしいばかりだった。

「少しは気を利かせろ。デートだぞ」

同意を求めるようにヴィクトルに艶めいた流し目をくれる。

東吾は唇を噛んで黙った。いつもは冷静沈着そのものの顔に、不満や憂い、そのほか様々な感情が抑えがたく表れていたが、蘇芳は気づかないふりをした。

「それで、どこに連れていってくれるつもりだ？」

その場に立ち尽くす東吾を尻目に、隣に歩み寄ってきたヴィクトルにそっけなく確かめる。

ヴィクトルはにっこり微笑み、

「では、東京タワーに」

と迷わず答えた。

＊

タクシーに乗って東京タワーの足下まで行った。

生まれたときから馴染《なじ》み深いこの赤い塔だが、こんな至近距離から仰ぐのは初めてだ。なるほど大きいなと思う。全体を遠目に見るのとでは迫力が違った。オレンジがかった朱色に近い赤と白が目に痛いほど鮮やかだ。今はもっぱらこちらより墨田《すみだ》の方のスカイツリーがもてはやされているようだが、蘇芳にとってはどちらも新鮮さでは同じである。

「ああ、やっぱりエッフェル塔に似てますね」

運転手に料金を払ってあとから降りてきたヴィクトルが蘇芳の傍らに並んで立つ。

ふわり、とオリエンタルな印象のトワレが薫る。タクシーに乗っていた間も仄《ほの》かに感じた香りだ。ヴィクトルの雰囲気に合っている。清冽《せいれつ》さの中にちらりと色香が漂うようで、ドキリとさせられる。

「形はともかく、この色は悪趣味の極みだ」

蘇芳がずけずけと言うと、ヴィクトルは苦笑いした。

「航空法の関係上、建設された当初は仕方なかったのでしょうね。でも、これはこれでインパクトがあっていい気がしますよ。シンボルタワーとして、一目見たら忘れられません。戦後の日本復興の逞《たくま》しさがこんなところにも表れているように感じます。エッフェル塔はパリの街並みにシックに溶け込んでいて、あれはあれで、さすがおしゃれ上手な国らしいなと思いますが」

「ずいぶん肩入れするんだな」

「あなたの国ですから」

ヴィクトルは熱っぽい言葉をさらりと口にする。

あまりのストレートさに蘇芳は戸惑い、わざと鼻白んでみせた。

「平気でそういう歯の浮くような科白を口にする男は信用できない」

「私はお世辞は言いません」

ヴィクトルは真面目そのもので、冗談にして流されるのは心外そうだった。本気なのかと、うっかり信じたくなるほど真摯《しんし》な表情をする。

「女なら一発でおまえの虜になるんだろうな」

「性別は関係ないと信じたいところです」

東京タワーの足の間に立つ四階建ての筐《はこ》型の建物に向かって歩いていきながら話を続ける。

「男は僕が初めてだと言ったな?」

「そうですね。自分でもどうしてこんな気持ちになったのか、わかりません」

「きっと勘違いだ。おまえにそれをわからせるためにも、こうして付き合ってやる気になった。これ以上しつこく纏わり付かれては迷惑だからな。東吾もおまえが絡むとああして苛立《いらだ》つ」

「彼は東吾というのですか。あなたと少しだけ面立ちに似たところがありますね」

「……従兄《いとこ》だ、母方の」

なぜこんな個人的な話をヴィクトルにしているのか、蘇芳自身解せなかった。ヴィクトルの持つ雰囲気が蘇芳の舌をいつになくなめらかにし、口数を多くさせていた。

物腰は柔らかく、常に蘇芳を立てた言動をするものの、主導権はヴィクトルのほうがいつの間にか握っている。そんな感じだ。話をしているうちに自然と相手を打ち解けさせる魔力のようなものを持っているようだ。穏やかで気品のある話しぶりが警戒心を薄れさせるのかもしれない。

出入り口のすぐ横に案内所を兼ねたチケット売り場がある。

ヴィクトルはそこで展望台行きのチケットを二枚買ってきた。

直通エレベータに乗って、地上百五十メートルの高さにある大展望台二階部分に行く。

「耳がおかしくなりますね」

上昇するエレベータの中でヴィクトルが茶目っ気たっぷりに囁《ささや》きかけてくる。

いきなり顔を近づけてこられてギョッとしたが、ヴィクトルの澄んだ瞳の素直な輝きを目にした途端、強張《こわば》らせかけた身を緩めていた。

「おまえだけだ」

一瞬とはいえ動じさせられた悔しさから、意趣返しにそっぽを向いてすげなくする。

蘇芳自身、唾《つば》を飲んで耳抜きした直後だったにもかかわらず、素知らぬ顔でとおした。

ヴィクトルは何も言わなかったが、おそらく気づいていたに違いない。フッと口元を綻ばせたことから、察しがついた。人によけいな恥をかかせず、引くところはあっさり引くヴィクトルの態度は余裕に満ちている。認めるのは癪《しゃく》だが、思いやりがあってスマートな振る舞いができる男のようだ。

たぶんヴィクトルはすべて計算ずくでやっているのだろう。蘇芳は疑いを捨ててはいなかった。役者顔負けの演技だが、騙《だま》されるものかと自分自身に言い聞かす。

こうして付き合ってやっているのは、化けの皮を剝《は》がして追い払うためだ。

滅入っていた気分を少しでも晴らしたくて、たまたまタイミングよく現れたヴィクトルに近づくチャンスを与えはしたが、だからといって気を許したわけではなかった。

ほかの乗客に続いてエレベータを降りる。

ヴィクトルはエスコートし慣れた様子で蘇芳を先に行かせ、背中を守るようにすぐあとについてきた。

降りて左手に国会議事堂や霞ヶ関《かすみがせき》ビル、皇居などが見て取れる。右手奥には隅田川《すみだがわ》や浜離宮《はまりきゅう》庭園がぱっと目についた。

ガラス越しにビルが密集した都内の風景を俯瞰《ふかん》しながら、ゆっくりと展望台を反時計回りに巡る。遠くに新宿御苑《しんじゅくぎょえん》と思《おぼ》しき緑の集まりが見える。それよりずっと手前に首都高速道路が走っているのが見え、六本木《ろっぽんぎ》の交差点がわかった。

「蘇芳さんには目新しくもない風景なのかな」

「ヘリに乗るといつでも見られる景色ではあるな」

もっとも、遊覧目的で乗ったことは一度としてないため、こんなふうに、あれはどこだ、と確かめながら見下ろした経験はない。

「東京は思ったより緑がありますね。ビルの屋上や壁面を緑化しているところもちらほら見てとれますし」

「民間企業が屋上緑化すれば固定資産税が軽減される。うちのグループ企業でも新しいビルを建てるときには必ず屋上なり壁面なりを緑化することになっている」

デートにふさわしいロマンチックな雰囲気とは無縁の話を蘇芳は淡々とする。ヴィクトルを困惑させようとしてわざと不粋なことをしている自覚はあった。

「いわゆる環境改善というやつだ。うちとしてのメリットは最上階の気温上昇を抑止することで夏場よけいな電力を使わずにすむことと、建物の劣化を防ぐ効果が期待できること、それから資産価値の向上といったところだな」

「社員に安らぎの空間を提供する、というのもあるのでは？」

ヴィクトルは蘇芳が言わなかったことをさらりと補塡《ほてん》した。

蘇芳は横目でヴィクトルを睨み、無視して続ける。

「都市的にはなんといってもヒートアイランド現象の軽減効果だ。大気汚染も緩和されるし、雨水の流出も抑止できると言われている」

「そして、こうして今私たちの目を楽しませてくれているような景観の向上に一役買う、という利点もありますね」

ヴィクトルは綺麗《きれい》に纏めて蘇芳にデート中であることを思い出させた。

舌打ちしたくなるほどそつがなく、まんまとしてやられた気分だ。

「環境問題にそこそこ関心があるようだな。当然か。今や避けて通れない課題だからな。投資先を決める際に重要視する項目の一つだ」

どうにかして一矢報いてやりたくて蘇芳が言うのに、ヴィクトルは含み笑いをしながら、

「まぁそうですね」

と軽く受け流した。

そして、この話題はもうお終《しま》いにしたいとばかりに別の話を振ってくる。

「パリにはよくいらっしゃるようですが、エッフェル塔には上られましたか？」

本当はもう少し環境問題についてヴィクトルと話がしてみたかった。ヴィクトルにも蘇芳がこのことに少なからず関心を持っているとわかったはずだ。会話もきっと弾んだだろう。

しかし、ヴィクトルはその流れを断ち切って、エッフェル塔を持ち出してくる。

蘇芳はむすっとしたまま首を横に振り、上ったことがないと返した。

いつでも行けると思っていると、いっこうに行かないものだ。東京タワーと同じである。

そもそも、蘇芳の場合、接待以外で個人的に観光をしようなどと考えたことはなく、取り引き先の交渉相手はだいたい蘇芳より年輩者が多いため、接待するにしてもされるにしても今さらそうした場所がセッティングされる可能性は低そうだ。

「では、次にパリでまたこうして一緒に出歩く機会があれば、今度はぜひエッフェル塔に」

「調子に乗るな」

蘇芳は展望台を一巡すると、これでいいだろう、という顔をしてヴィクトルを見据えた。

「もう飽きた。帰る」

「せっかくですからもう百メートル上がって特別展望台を覗きませんか」

「まだ上がる気か」

蘇芳は呆れて文句を言ったが、結局付き合わされることになった。

ヴィクトルは物腰は柔らかでも押しは強い。不服そうな顔をして見せても蘇芳がそこまで嫌がっていないことを見抜いていたようだ。何かにつけて意地を張りがちな性格を、すでに承知しているのかもしれない。

仕方がない、と恩着せがましくしながら、高さ二百五十メートルに位置する特別展望台に足を踏み入れる。

さらに高度が上がって空の占める割合が多くなった気がした。解放感を感じる。ショップや神社などが併設された先ほどの展望台に比べると、こちらはまさに景色を見るための空間に徹している。円形のさして広くもない、柱とエレベータや化粧室以外は椅子すらない場所だ。

「夜になると窓周りの床に埋められたＬＥＤと音楽でロマンチックな演出がされるとか」

「恋人同士にはうってつけだな」

蘇芳は自分には関係ないと言外に仄めかし、窓から外の景色を見下ろした。

ヴィクトルが接近しすぎない絶妙な距離を取って横に立つ。

馴れ馴れしいと文句を言うほどではなく、遠慮を感じさせるわけでもない。

「今まで何人くらいと付き合った？」

品川《しながわ》方面の景色を漠然と眺めつつ、立ち入った質問をする。

ここでもヴィクトルはべつだんたじろいだふうではなかった。

「私もそれなりの年齢ですから、好きな人の一人や二人は過去にいましたよ。おおむね学生時代のことですが」

ヴィクトルは蘇芳に対して隠しごとをする気はないとばかりに、聞かれたことに答える。

うっかり信じてしまいそうになるほど誠実なまなざしで、淡々と話すのだ。

「大学を卒業してからは仕事一筋でしたね。半年前、あなたをお見かけするまでは、それでまったく問題なかったのですが」

とりあえずヴィクトルの話には今のところブレがない。

どこまでが真実で、どこからが建前や嘘なのか、糾弾する隙がなかった。

「見ただけで誰かを好きになったりするものなのか。お手軽だな」

「誰でも、ではありませんよ」

手摺《てす》りに腕を載せてお互い展望台からの眺望に目を向けたまま穏やかに会話する。

このまったりとした感覚は悪くなかった。

「あなたが特別だったんです。普通はなかなかこんな気持ちにはなりません。だから私は何度袖にされても諦めきれずにあなたを追いかけてしまう。でも、今回はようやく願いが一つ叶いました。どこでもいいからあなたと歩きたかったんですよ。できれば二人きりでこうした話がしたかった」

「ならもう満足しただろう」

ヴィクトルはフッと口元に笑みを刷かせ、面映《おもは》ゆそうに目を瞬かせる。

「人間欲は尽きないものですよ。一つ叶えばまた次が欲しくなります」

「厚かましい」

蘇芳は手厳しく言ったが、内心ヴィクトルとのやりとりを愉《たの》しんでもいた。会話のテンポが合うというのか、冷淡にあしらってもうまく躱《かわ》してくるので、小気味がいい。女性と話すとなかなかこうはいかない。よけいな気を遣わなくてはいけない分疲れ、すぐに面倒くさくなる。その点ヴィクトルが相手だと、言いたいことを遠慮なくぶつけても手応えのある反応が返ってくるので楽だった。

「どうせならもっと有意義な恋愛をしたらどうだ」

「本当に好きな人に好きと告げる恋愛が最も有意義ではないですか。たとえ相手が同性でも」

ヴィクトルの言葉にはそこはかとなく説得力があった。

誰かを好きになる——蘇芳自身はそんなことが自分に訪れるとは考えたこともない。結婚はするだろうがべつに相手は誰でもいい。周囲が納得するかどうかだ。跡継ぎを産ませさえすれば義務は果たせたことになり、そのやり方も、十八歳の時から定期的に採取され、冷凍保存してある精子を使うことで可能になる。必ずしも妻になる女性を抱く必要はなかった。

それは、蘇芳を孕《はら》むとき母親が受けた施術と同じだ。四十五歳の精子よりは若いときの精子を使ったほうがより優秀な跡継ぎができる可能性が高い。豪三は頑としてそう信じていたらしい。母親にとっては相当なストレスであり屈辱だったようだが、その後すぐに離婚して自分の幸せを求められたのだから、蘇芳個人の感情としては、さして同情するに値しない。

恋愛にも結婚にも夢や希望はなく、ときめいたこともない自分が、こともあろうに同性から懸想されるとは想像もしなかった。

笑止だ、と思う。

「僕が相手では空回りするだけだ。たとえあなたが本気だとしてもな」

最後の言葉は牽制《けんせい》の意味を込めて放った。まだヴィクトルを信じてはいないことを、はっきり知らしめておく。

ヴィクトルはしばらく窓ガラスを見つめていた。神妙な横顔をしている。景色を眺めているいうより、考え事をしながらただ虚空を見据えている感じで、窓ガラスを見つめているという表現が的を射ている気がした。

「もう帰るぞ」

蘇芳の言葉に、ヴィクトルは我に返った様子で振り向いた。

「あ、ああ、すみません。ちょっとぼんやりしていました」

何を考えていた、と聞きたいところだったが、蘇芳はそのまま踵を返した。聞いたところで本当のことを言うかどうかわからない。無駄だと思った。

帰りは、先ほどの展望台よりさらに一つ下の階からエレベータに乗る。

最初に入ってきたタワーの足下の建物を出る間際、ヴィクトルは蘇芳を、

「観覧車に乗ってみたくありませんか?」

とまたもや誘ってきた。

「まだ四時前です。本当はこれから浅草寺《せんそうじ》に行って、隅田川を船に乗って下って、としたいところなのですが、蘇芳さんをあまり引き回すのも申し訳ないので、せめてあと一箇所だけ。お願いします」

ここまで来たらついでだ、という投げやりな気持ち半分で蘇芳はヴィクトルにもう少し付き合うことにした。

あとの半分は自分でもよくわからない気持ちが働いたためだった。

もっとヴィクトルと話してみたいと思ったのかもしれないし、ヴィクトルの前では自分のことまで話す気になるのが不思議で、どういうわけか知りたくなったからかもしれない。

「蘇芳さんはいつも車で移動でしょう。たまには電車に乗ってみませんか」

「電車？」

「乗ったこと、ありますか？」

「……ない」

癪だったが正直に答える。

「私はゆりかもめに乗ってみたいんです。付き合ってください」

「ゆりかもめ？」

「高いところを走るので、見晴らしがいいと思いますよ」

「あなたはつくづく高いところが好きなんだな」

蘇芳が嫌味を言ってもヴィクトルは「そうかもしれませんね」と快活に受け、気を悪くした様子もない。

東京タワーの最寄り駅から地下鉄で乗換駅まで行き、ゆりかもめに乗車する。

地下鉄では短い区間しか乗らなかったし、乗客も多かったので、ドア付近にヴィクトルと並んで立っていたが、今度は席が空いていたので座った。

二人掛けのシートは男二人にはいささか狭く、はからずもヴィクトルとぐっと近づくことになった。

それでも、地下鉄で立っていたときよりは衆目を集めておらず、ホッとする。

「蘇芳さんは目立ちますね」

「僕じゃない。あなたのほうだ」

東京タワーでも周囲から視線を注がれるのを感じた。

スーツ姿で展望台にいたのは決して蘇芳だけではなかった。サラリーマンと思しき男がちらほらいたから、そういう意味で目立っていたわけではないと思う。むしろ、見られていたのはヴィクトルだ。端整な顔立ちとすらりとした長身が否応もなく目につく外国人に、特に女性たちが色めいた視線を投げていた。

「あなたは綺麗ですよ。それに、知れば知るほど可愛《かわい》い」

「やめろ」

綺麗は言われ慣れているから今さらなんとも思わないが、可愛いと評されたのは初めてだ。気恥ずかしさに狼狽《うろた》える。生意気とか高慢だとかの陰口はさんざん叩かれてきたし、自分でもきっとそうだろうと納得できるが、可愛いはいただけない。

「ばかにしているのか。次で降りて帰るぞ。おまえはついてくるな」

「いや、それはだめです。あなたをこんなところで一人にするわけにはいかない。東吾さんに叱責されます」

「心配無用だ。東吾は僕がどこにいても迎えにくる。僕が呼ばなくても、必要だと判断したらな。彼も相当な過保護だ」

「過保護と言うより、彼は私のライバルなのではありませんか」

「まさか」

蘇芳は一笑に付した。

ヴィクトルの前では冗談にして流してみせたが、頭の片隅では、まんざらなくはないな、と冷静に考えていた。

たとえそうだとしても、東吾はこの先もずっと忠実な側近の立場を守るだろう。蘇芳も東吾に特別な感情を抱くことはないと思う。

長い付き合いから薄々気がついていたが、それをヴィクトルに指摘されたのは意外だった。思った以上に鋭くて、抜け目のない男だなという印象を強くする。

そういう相手は個人的には好きだが、敵に回すと厄介だ。

ヴィクトルは会話にしても行動にしても、引き際と粘りどころの判断が絶妙だ。蘇芳の感情の波に合わせて的確な押し引きをする。蘇芳が少しでもその気になりかけていると、強引なくらいに腕を取ってくるし、これ以上立ち入られたくないと思っているときにはすっと退く。

お台場《だいば》で、日本最大級だという観覧車に二人で乗った。

平日の夕刻前という微妙な時間帯だったせいか順番待ちしている客はほとんどなく、すぐに乗り込めた。

六人乗りの観覧車に二人きりで乗り、徐々に高いところに上がっていく。

「展望台とはまた違った趣があるでしょう？」

「べつに、どっちもたいして変わらない」

蘇芳はわざとつまらなさそうに返事をする。

そのくせ、羽田《はねだ》空港からジャンボジェットが離陸上昇するのを目を凝らして見ていた。

まだまだ辺りは明るいが、空は少しずつ赤みを増してきている。

「そろそろ最上部を通過しますね」

八分ほど経った頃、向かいに座っていたヴィクトルが、自分たちの乗っている観覧車の位置を確かめて言った。

「せっかくですから、あなたと同じ方向を見たい」

ヴィクトルは優雅に席を移って蘇芳の隣に座り直す。

文句を言う暇もなかった。

いざというときには大胆で、遠慮をしない。

こういうところにぐっとくる女性はさぞかし多いだろう。

憮然《ぶぜん》とした面持ちでそんなことを考えていると、あろうことか膝《ひざ》の上に置いていた手に、手を被せてきた。

「何をする……」

窓の方に背けていた顔を振り返らせた途端、唇を塞がれる。

驚きのあまり蘇芳は目を瞠って呆然《ぼうぜん》となった。

唇はすぐに離れていったが、体はむしろ密着させられていた。腰に腕を回して抱き寄せられている。

「好きだという気持ちをまだお疑いのようだから、証明させていただきました」

間近で囁かれるヴィクトルの声は、産毛が総毛立つほどセクシーで、ゾクゾクする。官能による痺《しび》れがうなじから背筋を走り抜け、下腹部を疼《うず》かせた。

「キスくらい、犬とでも猫とでもできる」

必死に抵抗して言ったが、ヴィクトルは悠然と微笑むだけだった。

「この程度ではご不満ですか？」

蠱惑《こわく》的なまなざしで見つめられ、蘇芳は動きを封じられた人形のように薄く唇を開いたまま抗《あらが》えなくなった。

顎《あご》を擡《もた》げられ、再び唇が下りてくる。

啄《ついば》まれたり優しく吸われたりといったキスを繰り返されるうち、頭の芯が蕩《とろ》けたようになってきて、目を閉じた。

見かけよりずっと柔らかくなめらかな、弾力のある唇が、蘇芳の薄く小さな唇を思うさままさぐる。正直、心地よかった。

抵抗しようと思えばできたはずだが、まったくそんな気になれなかった。

媚薬《びやく》でも飲まされたかのように与えられるキスに酔ってしまい、されるがままになる。

長いキスからようやく解放されたのは、観覧車が半分の高さを切った頃だ。

「私は本気です。覚えていてください」

観覧車を降りて施設の外に出たところで、ヴィクトルは真剣なまなざしを向けてきて言った。

まだキスの余韻に頭の芯を痺れさせたままだった蘇芳は、返す言葉が見つからず、黙ってヴィクトルを見返した。

「今日は本当に楽しかった。わがままに付き合ってくださってありがとうございます」

差し出された手に一瞬戸惑い、一呼吸遅れて握手する。

「またお会いできますね？」

「……わからない」

ようやく気を取り直して、曖昧《あいまい》に返事をする。いつもであれば「無理だ」とすげなく拒絶していたに違いない。

あんな形でキスまでされて、なぜ怒ってさっさとこの場を立ち去らないのか、自分で自分の気持ちが理解できずにいた。

「あぁ、ちょうどいいタイミングだ。お迎えのお車が来たようですよ」

言われて振り向くと、黒塗りのリムジンが滑るように走ってきて、蘇芳の横でぴたりと停車する。

助手席から降りてきたのは東吾だ。

東吾は礼儀正しくヴィクトルと蘇芳の二人に対してお辞儀をし、

「どうもお世話になりました」

と、感情を押し殺した声でヴィクトルに礼を述べた。

「あなたはどうする？」

「私はここから水上バスに乗船します」

ヴィクトルは屈託のない調子で言うと、「それではこちらで」と別れの手を振った。

「蘇芳様」

東吾に促され、蘇芳は車内に身を入れる。

あとから東吾もいつものように乗ってきて、リムジンは歩道を歩くヴィクトルを追い抜いていった。

擦れ違いざまにヴィクトルの姿を見やる。

東吾は無表情を装っていたが、内心怒っていることは明らかだった。

「そうカリカリするな」

蘇芳は真っ直ぐ前を向いたまま東吾に声をかける。

「どうせ明日の朝には東京を発つんだ」

そして、さらに言い添えた。

「冷たいシャンパンが飲みたい。ホテルに戻ったら付き合え」

ふっと東吾が安堵とも諦観《ていかん》ともとれる息をつく。

「喜んで」

すでに気持ちの切り替えはついたのか、表情は先ほどよりも緩んでいた。

Ⅲ

パリに戻って一週間が経っていた。

休養をとれる日が三日ほどあったのだが、結局蘇芳《すおう》はオペラにも美術館にも出かけることなく、邸内で無為に過ごした。

六時起床、軽い運動のあと朝食、午後は一時に昼食、三時半にお茶、七時から晩餐《ばんさん》といった具合に規則正しい生活を続けてはいたものの、しばしば考え事に耽《ふけ》ったり、何が書いてあるのか頭に入らないまま文学賞を受賞した小説本を捲《めく》ったりしていた。

その間、ずっと気にかけていたのは、ヴィクトルのことだ。

観覧車の中で不意打ち同然にキスされて以来、ふとした拍子に彼のことが頭を過《よぎ》る。無視しようとすればするほど記憶が鮮明になり、唇の感触まで克明に思い出されてくる。

ただ唇を合わせるだけのキスをあれほど長くされた経験はない。粘膜を接合させ、強弱をつけて吸われ、ときどき啄《ついば》まれた。そのときたっぷりと味わわされた唇の柔らかさ、弾力、温もりなどを反芻《はんすう》しては、気恥ずかしさに居ても立ってもいられない心地になる。同時にまた、よくもあんな無礼なまねをしてくれたな、と恥辱を感じて怒りを覚えもする。不作法きわまりないヴィクトルへの憤りはもちろんのこと、あっさりとキスを許してしまった自分自身にも腹が立つ。あれでは合意の上だったと思われても仕方ない。断じてそんなつもりはなかったのに、結果としてそうなったことが、蘇芳の高いプライドを傷つけた。

パリにいると至る所でエッフェル塔を目にする。

エッフェル塔を見るたび蘇芳の胸はざわめき、落ち着きをなくしてしまう。嫌でも東京《とうきょう》タワーを思い出し、展望台にいたとき交わした会話が脳裡《のうり》に浮かんでくるのだ。

きっかけは一目惚《ぼ》れでも、浮ついた気持ちではなく真剣に蘇芳が好きだとヴィクトルは熱の籠《こ》もる口調で言った。蘇芳がどれだけそっけなくしてもへこたれず、また会って欲しいと口説いてきた。

蘇芳も心の片隅で、パリに帰ってきて早々にヴィクトルからなんらかの接触があるに違いないと、ひそかに身構えていた。

決して望んでいるわけではないと自分に言い訳してもみたが、本音を晒《さら》せば、期待する気持ちもいくらか混ざっていて、嫌だとか迷惑だとばかり思っているわけではなかった。

来るならいつでも来てみろという心境でいるのが本当のところだが、一週間過ぎてもヴィクトルからの音沙汰《おとさた》はない。

いいように弄《もてあそ》ばれているようで悔しい。

だが、ムッとすればするほどヴィクトルのことを考え、この先どうするつもりなのかはっきりさせろと苛立《いらだ》つ。

これもヴィクトルの手管なのか。まんまと踊らされている気がしないではないが、わかっていても気持ちを切り替えられずにいた。

打ち合わせのあとリムジンに乗って自宅へ戻る途中、トロカデロ広場の傍を通った。

シャイヨ宮の双翼の間からセーヌ川の向こうのエッフェル塔が綺麗《きれい》に見える。足元からてっぺんまで何ものにも遮られることなくすっくと天空に向かって塔が聳《そび》え立つ風景は、計算され尽くした美しさがある。さすがは都市計画に沿って整備された街だ。

鉄色の塔がおしゃれな街並みに溶け込んでいるのはいかにもパリらしい。そつのない優等生のような佇《たたず》まいだとあらためて思った。

「あれに上ってみたい」

斜め向かいに背筋を伸ばして座り、ノートパソコンを膝に載せた東吾《とうご》に向かって唐突に言う。

「エッフェル塔に、ですか？」

東吾は一瞬当惑した表情を浮かべたが、すぐに取り繕った。

黒縁眼鏡《めがね》のブリッジをすらりとした中指で軽く押し上げ、パソコンを開く。

カチャカチャと素早くキーボードを叩《たた》き、スケジュールを確認する。

「時間次第で、三時半からのテレビ電話会議を車中で行っていただくことになりますが」

「かまわない」

「ランチはいかがなさいますか。レストランに入る余裕はありません」

「テイクアウトのサンドイッチでいい」

「かしこまりました」

なぜ急にこんな気まぐれを起こしたのか、東吾は理由については何も聞かなかった。聞くまでもなく想像がついたのかもしれない。どうも東吾はヴィクトルの話題を避けたがっている節がある。自分からは絶対に彼の名を持ち出さない。内心は愉快でなかったとしても、できないとは決して言わないところに、東吾の秘書としての矜持《きょうじ》を感じる。

東吾はさらに車内から電話を一本かけ、あっという間に根回しをすませた。

エッフェル塔の袂《たもと》、四本の脚部にはそれぞれチケットを買い求める人々が長蛇の列を作っていたが、東吾は蘇芳を真っ直ぐ入場口に案内した。

あらかじめ連絡を受けていた係員が出迎えに来ており、順番待ちの列に関係なくエレベータに乗った。

普通に手順を踏むならば展望台まで上がるのに一時間以上軽くかかりそうなところだ。

東京タワーに上ったときには特別扱いはいっさいなしだったので、いくらか列に並んだ。ヴィクトルが一緒だったので自然にそうした流れに従ったが、よくよく考えると蘇芳にしては珍しい体験だった。どちらかといえば短気なほうの自分が苛立たなかったのが不思議だ。たいして話が弾んだ気もしないが、並んで待つ間、退屈を感じなかった。

すっきりと晴れた日で、展望台三階からの眺望は一見の価値があった。

ガラス張りのエレベータホールの外側にテラスが設けられており、せっかくだから外に出てみた。風が強くて肌寒い。金網張りなのでさして見晴らしがいいという気もしない。

「お風邪を召します」

忙しなく靡《なび》く髪に閉口したこともあって、蘇芳はおとなしく東吾の言葉に耳を貸し、屋内に戻った。

景色は美しいのに、思ったより気持ちは弾まない。

パリの街並みを上空から見下ろすことにもすぐ飽きた。

普段からヘリや航空機に頻繁に乗るので、最初の感動が去ると、特に目新しさもなく今さらだという感想だけが残った。

それは東京タワーに上ったときでもまったく同じだったはずだが、あのときはそれなりに愉《たの》しめた。傍らにいるのが馴染《なじ》みの薄い男だったので、言動が読めずにいちいち新鮮だったせいもあるだろう。

静かに斜め後ろに控えている東吾は、蘇芳から話しかけない限りよけいな口を利かない。気遣ってはくれるが、友達のように気易くすることはない。東吾の立場からすれば当然だ。

二人で塔に上っていながら、蘇芳は一人も同然だった。

一キロの長さに及ぶ広大なシャン・ド・マルス公園の整然とした美しさは、パリにある庭園にはよく用いられる様式だ。真ん中を一本の帯が貫き、中心部分から同心円状に円弧が描かれる。ほぼ左右対称で安定感がある。

「街並みも庭園も嫌味なくらい整っているんだな」

「そういうのはお嫌いですか？」

「……べつに」

おまえはどうなんだ、と東吾に聞こうとして、蘇芳は思いとどまった。聞いても仕方がないと冷めた気持ちになったのだ。東吾が何をどう感じているのかに格別な興味はなく、無為な会話をするのが面倒だった。

希望どおりにエッフェル塔に上ったが、たいして気晴らしにもならぬまま車に戻った。

「思ったより時間をかけずにすみましたので、急げばご自宅でランチをおとりいただけます」

「サンドイッチのほうがいい」

「かしこまりました」

東吾は無表情に徹して蘇芳の希望に添う。

いつものことだが、最近それがときどき鼻につき、苛立たしく感じることがある。いよいよ我《わ》が儘《まま》になりつつあるようだ。情緒不安定になりかけているのを蘇芳自身、自覚していた。しかし、どうすれば気持ちが落ち着くのかわからない。

途中、デリでいったん車を停めて、店から出てきた店員から、前もって注文していたバゲットサンドとコーヒーを入れた紙袋を渡された。

「どうもありがとうございます」

東吾は誰に対しても礼儀正しい。丁重に頭を下げて礼を述べ、若い女性の店員に頬《ほお》を赤らめさせていた。

移動中に手軽な食事をとることは珍しくない。

生ハムやオニオン、レタス、スライスチーズなどをバゲットに挟んだサンドイッチを齧《かじ》り、発泡スチロールのコップに入った熱いコーヒーを啜《すす》る。

どこかで事故でも起きたのか、リムジンは自宅への道のりを渋滞に巻き込まれながらじりじりと進んでいた。

ランチを車中ですませているため、スケジュールへの影響はない。

落ち着き払ってパソコン画面を見ている東吾の様子からもそれは明らかで、蘇芳は食事を終えるとシートにゆったりと背中を預けて瞼《まぶた》を閉じた。

目は瞑《つぶ》っていても、寝入ったわけではない。

しばらくして、視線を感じて薄く目を開けた。

はっとしたように東吾が顔を逸《そ》らす。

なんとも気まずい空気に包まれる。

蘇芳は姿勢を正してシートに座り直すと、わざとそっけなく聞いた。

「僕の顔に何かついているか？」

「いいえ。失礼いたしました」

東吾は付け入る隙《すき》を与えぬ素早さで気を取り直す。

「そろそろ到着しますので、お起こししようかどうしようかと迷っておりました」

言われて車窓に目をやると、パリ邸までもうあと三百メートルほどの距離に近づいていた。

これからすぐまた会議だ。

「水をくれ」

すぐにグラスに入ったミネラルウォーターを差し出される。

ガス入りの水で頭と喉《のど》をすっきりさせる。

蘇芳がグラスを傾けている最中に、新たなメールの着信でもあったのか、パソコン画面を見ながらタッチパッドを指で操作していた東吾の表情が一変した。

気難しげに顔を曇らせ、眉間《みけん》に皺《しわ》を刻む。

「どうした？」

東吾は明らかに報告を躊躇《ためら》い、蘇芳に気づかれたのを、失態を犯したかのごとく舌打ちしたげな様子をしていた。

「……今度は、メールが送られてきました」

誰からかは聞くまでもなかった。

たちまち蘇芳の胸は動悸《どうき》で息苦しいほどになり、平静を保つのに多大な努力を要した。

「今夜パリに着くので、明日以降、蘇芳様にお会いできないかと、打診してきています」

「スケジュールを調整しろ」

蘇芳はフッと煩わしげに溜息をつき、そっぽを向いて指示する。

「どうせ一度や二度断ったところで簡単に引き下がりはしない」

半分は本音だったが、もう半分は嘘だと蘇芳は自覚していた。それゆえに、本心を悟られまいとして、東吾と目を合わせられなかった。

「明日の午後二時から三十分間でしたら空けられます」

東吾は秘書の職務に徹した口調で簡潔に答える。よけいなことはいっさい聞きたくないと頑なになっている気さえした。よほどヴィクトルを敬遠したいようだ。

「それでいい」

蘇芳はそこですっと深く息を吸う。

「もう遊びはお終《しま》いだ。いつまでも付き合っていられるほど暇じゃない。引導を渡してやる」

「また何か条件をお出しになるのですか?」

蘇芳は目を眇《すが》め、頷《うなず》く。

これまで誰一人として蘇芳の意に適う結果を上げられた者はいない、しつこい相手を退かせるためのゲームだ。

「しかし、蘇芳様、万が一にも彼がクリアしたら、どうなさいます? ご自身を追い詰めることになりかねません」

「条件は三つ出す。一つでも果たせなければ取り引きはご破算だ。いくら彼が才知に長《た》けて財力と暇を持て余した男でも無理に決まっている」

「ですが……」

「もういい、黙れ」

あまりにも東吾が心配して渋るので蘇芳は癇《かん》に障り、不機嫌さを露《あらわ》にして遮った。

「どちらにしても、もう一度彼と会ってはっきりさせないことには、僕の中でもけりがつかなくなっている」

それは紛れもない事実だった。

「何をそう心配している。おまえはあの男を怖れているのか？」

「いいえ、そんなわけではありません」

東吾は深々と頭を垂れる。

口とは裏腹に東吾の声音には不安を拭《ぬぐ》い去れない弱さが滲《にじ》んでいた。

「差し出がましいことを申し上げてすみませんでした」

「らしくないぞ」

眉を顰《ひそ》め、蘇芳は冷たく言う。

誰かに負けることなど想像するのも不快な蘇芳にとって、過ぎた心配は屈辱に近かった。いくら気心の知れた東吾が相手でも許し難い。

「身辺調査をしても不審な点は出てこなかったんだろう？」

「……はい」

ヴィクトル・エレニの素性や経歴は、本人の口から聞いたり、インターネット等で調べたりして得た情報とほぼ違わず、公的な書類との照合もできている。疑う要素はどこにも見当たらなかった。

「ヴィクトル・エレニという人物が存在することは確かなようです。各種書類や公的な証明書に添えられた写真も本人のものでした。十六のときに両親を亡くして以来天涯孤独の身、ニューヨーク、アッパーイーストサイドの高級アパートメントに居を構えたのが二年前です。自宅周辺でも聞き込みしましたが、しょっちゅう留守にしがちだそうなので直接面識があるという人物はいなかったのですが、ときどき見かける姿は彼のものに間違いないと言っています。正体を隠すにしてもここまで念の入ったプロフィールを個人で用意できる人間がそうそういるとは思えません。投資家としては大学在学中から遣り手で知られていて、資産も相当な額に上ることがわかっています。当時から様々な国を巡り歩くのが趣味だったらしく、今でも年の三分の二は自宅に戻らないのだとか」

それでもまだ完全には納得し切れていないように東吾は唇を嚙《か》み締める。

「そこまで確認がとれたのなら、身分を詐称している可能性は低いな。まぁ、だからといって僕もあの男を頭から信じるわけではない。少なくとも僕に近づいてきた目的は今でも疑っている。一目惚れしたなどという話を誰が真に受けるものか。本当の狙《ねら》いを白状させた上で取り引きを持ちかけ、先日東京で無礼を働かれた仕返しにぐうの音も出なくしてやる」

今度は東吾も黙って頷く。

蘇芳は蘇芳で、無礼を働かれたと口にした途端、またあの長くて熱っぽいキスを思い出し、ひそかに動揺していた。

己の感情すら制御できない脆弱《ぜいじゃく》さが恨めしい。腑甲斐《ふがい》なさに悔しさを感じる。

いつまでもこんな無様な状態を引きずらないためにも、ヴィクトルの影を本人ごと追い払い、片をつける必要があった。

＊

「挨拶《あいさつ》などの前置きはいい。本題に入ろう」

ヴィクトルを通した部屋に入っていくなり蘇芳は事務的に早口で言った。

蘇芳の背後で扉が静かに閉まる。扉の傍らに微動だにせず立って控えた東吾の表情はいくぶん硬く、視線は不躾《ぶしつけ》にならない程度にヴィクトルに向けられている。

「九日ぶりにお会いできたのに、今日もまたずいぶん慌《あわ》ただしいのですね」

ヴィクトルは椅子《いす》から立って蘇芳の許に自分からも近づいていき、朗らかな微笑《ほほえ》みとともに腕を差し出してきた。

洗練されたしぐさで握手を求められ、蘇芳はむっつりしたまま儀礼的に応じる。

「一週間もの間なんの連絡もしてこなかったのはあなただ。株式市場の動向を読むのに夢中で僕のことなど頭になかったんだろう。べつにそれに不服はないが」

「そうではありません。少々ご遠慮していたのです。ストーカーのように執拗《しつよう》に追いかけていってはご迷惑でしょうから」

「ストーカーじみたまねをしている自覚はあるんだな。感心した」

ぎゅっときつく握り締められた手を振り解き、蘇芳は冷たく取り澄ました顔で言って、安楽椅子に腰掛けた。

三つ揃《ぞろ》いのスーツ姿で悠然と足を組む。

ヴィクトルも同じように質感のよさが一目でわかるウール地のスーツを着こなしていた。服自体がまた完璧な仕立てで、応接室に佇む姿はどこかの国の王侯貴族が会見に臨んでいるところを彷彿《ほうふつ》とさせた。黒に近い茶色の髪、黒い瞳は日本人に近しくとも、顔立ちはまさにギリシャ彫刻のように彫り深く、全体的にほっそりとした蘇芳とはまったく違う種類の美しさを持っている。

「もしかして、怒っておいでなのですか？　私がすぐに連絡を差し上げなかったことを？」

「自惚《うぬぼ》れるな」

困ったように眉尻《まゆじり》を下げるヴィクトルを蘇芳はキッと睨《にら》み上げ、一喝した。

どうせこんなふうに申し訳なさそうなふりをしてみせるのも、ヴィクトルなりの計算なのだろうと推察するにつけ、忌《い》ま忌《い》ましさを感じる。

あんなふうに抱き寄せてキスまでしてきて、腹の中では何を考えているのか悟らせないいやらしい男だ。魅力的な分、質《たち》が悪い。計画的な狡《ずる》さで蘇芳を堕とそうとしているとわかっていながら、一緒にいたときのことを頭から捨てきれない自分に辟易《へきえき》する。

「とにかく座れ。立ったままでは目障りだ」

「仰せのとおりに、プリンス」

ヴィクトルは優雅に腰を折り、椅子に座り直した。

プリンスなどと言われて蘇芳はまたムッとしたが、ヴィクトルのほうには冗談めかしたつもりは微塵《みじん》もなさそうだ。それでいて、どれだけ謙《へりくだ》った態度をとっても彼の気品は崩れない。黒い瞳には喜色が浮かんでおり、この状況を愉しんでいることが察せられる。

「取り引きをしないか」

蘇芳は仏頂面をしたまま単刀直入に切り出した。

「どのような取り引きでしょう？」

ヴィクトルは落ち着き払っている。唐突な提案をされても面食らったふうもない。

「あなたの熱心さに百歩譲って、欲しいものを手に入れる機会をやる。条件は、僕の出す三つの課題をすべてクリアすることだ」

「三つの条件、ですか」

ヴィクトルは目を眇め、面白そうに微笑する。

「まるでトゥーランドット姫のようですね。プッチーニのオペラをご覧になって思いつかれましたか」

「関係ない」

蘇芳は木で鼻を括《くく》ったような返事をする。

「つまり、あなたが出される三つの条件にお応えすれば、あなたは私のものになってくださるわけですね？」

ヴィクトルは顔つきを引き締め、蘇芳の言質《げんち》を取ろうとしてきた。

「受けて立つ気があるのなら、この先、発言には慎重になれ」

蘇芳が脅しを込めた忠告をすると、ヴィクトルは意味を受け取りかねたかのように首を傾げた。

この期に及んで欲するのは蘇芳自身だと繰り返すヴィクトルに、どこまでシラを切りとおすつもりだ、と蘇芳は歯軋《はぎし》りしそうになった。苛々して声を荒げそうになるのをなんとか抑え、平静を保つ。

「あなたにとってはこれが最初で最後のチャンスだ。賭ける望みは前もって決めた一つだけ。本当に欲しいものを申告しないとゲームをする意味がなくなる」

「だったら私の心はとうに決まっています」

迷いもなく言い切って、ヴィクトルは蘇芳をひたと見据える。

目力のある、強い意思を秘めたまなざしだった。見つめ返すと視線を搦《から》め捕《と》られ、気圧《けお》されて逸らせなくなる。

「私が求めるのはあなたご自身だ」

「それは、僕の持つ槇村《まきむら》グループ内での力、という意味ではないのか？」

蘇芳は疑り深く確かめた。言葉のアヤを用いて詭弁《きべん》を弄《ろう》する輩は後を絶たない。

「いいえ。はっきりさせたほうがよいのなら、この際あけすけに申し上げます。この取り引きだかゲームだかに私が勝った場合、私はあなたをベッドで抱きたい。男のあなたを女性のように扱って、想いを遂げさせていただきます」

ここまで明瞭《めいりょう》に言われては、疑惑を差し挟む余地はない。

それでもなお蘇芳は認めがたくて、潔くわかったと答えられずにいた。

「私は本気です。あなたが欲しい。それだけのためにこうしてたびたび会いに来ています」

ヴィクトルは真摯《しんし》に繰り返す。

率直な言葉に心臓がトク、トク、と高鳴る。

「どうかお疑いにならないでください」

「もういい」

面映《おもは》ゆさと、何かべつの感情とが一緒くたになって込み上げ、変な気分になってくる。それと同時に、東吾の視線を感じてバツが悪くなったこともあり、蘇芳は邪険に遮った。

「課題を言う」

最後まで往生際悪く「わかった」の一言を言わぬまま、蘇芳は尊大な態度で話を先に進めた。

「一つ、しつけの行き届いた猛獣をペットとして僕に贈ること。一つ、ゴルフのラウンドで僕の代行プレーヤーに勝つこと。期日は二週間後、場所はカウアイ島のポイプ・ベイ。一つ、槇村が公式スポンサーになっているドイツのサッカーチームと練習試合をして勝つこと。こちらは明日から二ヶ月余裕をやる。それまでにチームを結成できなければ、その時点でアウト。結成できたら、うちのチームがヴィースバーデンに持っているホームスタジアムを即押さえて、試合日を決める。以上三つだ。いずれもまったく実現不可能な無理難題などではない」

「なるほど、確かにおっしゃるとおりです。どれも非常に困難な課題ですが、月に行って星のかけらを拾ってこいと言われているわけではない。それよりは大いに現実味があります。あなたのやり方はフェアだ」

思っていた以上にヴィクトルは冷静で、さしてたじろがなかった。眉根を寄せて難しい表情はしたものの、すぐにいつもの余裕に満ちた笑顔に戻る。

勝算があるのか、それとも空元気か。

蘇芳の脳裡に一抹の不安が過る。しかし、蘇芳は即座にそれを頭から追い払った。やれるものならやってみろ、と胸中で挑戦的な気持ちになる。

「いくつか質問があります」

「なんだ」

蘇芳は横柄に顎《あご》をしゃくって続きを促した。

「ゴルフは私も多少嗜《たしな》みますが、おそらく蘇芳さんの代行を務めるのは世界ランキング保持者クラスのプロかと思います。そんな方とでは端《はな》から勝負になりません。公平を期すために、私のほうでも代わりのプレーヤーを立てさせていただけますか？」

「かまわない」

おそらくそうくるであろうと予想していたので、蘇芳は間髪容《い》れずにあっさり承知した。

このゲームが蘇芳にとって有利な点は、三つすべてに勝たねばヴィクトルの勝利にならないところだ。

蘇芳の代わりのゴルフプレーヤーは現在世界ランキング四位の男で、彼以上の実力を有するプロを二週間後に行うプレーに引っ張り出すことはまず無理だ。心配するには及ばないと判断した。なんなら、主だったプレーヤーに、この件に関わるなと釘を刺しておくこともできる。そうすればヴィクトルから依頼されても首を縦に振る有望なプレーヤーはいなくなり、勝負はラウンド前から決まったも同然だ。

考えているうちに蘇芳は自然と口元を緩ませていた。傍目《はため》には急に機嫌がよくなったかのように見えたことだろう。

「ほかには？」

ヴィクトルにじっと見つめられていることに気がつき、蘇芳は表情を引き締めた。

「猛獣がおそらく最後になると思いますが、ご希望があれば何をペットになさりたいかお伺いしておきましょうか」

「ずいぶん自信があるようだな」

蘇芳はヴィクトルの余裕に満ちた発言が気に食わず、目を眇めてヴィクトルを一瞥《いちべつ》したあとそっぽを向いた。

「チーターがいい。期待せずに言うだけだから、気にするな」

「正直、私はあなたのフェアプレー精神に感動しています。もっと途方もない無茶な課題を出されるのかと思っていました」

「誰かに具体的な話を聞いたのか？」

蘇芳は背けていた顔を戻し、目を眇めてヴィクトルを見た。

ヴィクトルは否定せず、うっすら微笑む。

「情報収集はひととおりさせていただいています」

本意ではなさそうな、申し訳ありませんと謝罪する口振りではあったが、ヴィクトルの確信犯を思わせる顔つきからして相当こちらのことを詳しく調べ上げられているのを感じる。

「そうだな」

蘇芳は肘《ひじ》掛けをぐっと一掴《ひとつか》みして不快な気分をやり過ごすと、それまで以上に冷ややかな声を出した。

「もっともな話だ。僕があなたの立場でも同じことをする。不思議でならないのは、そこまで僕を研究しておきながら、あなたがなおも僕にくだらない関心を抱いていることだ」

「逆です。知れば知るほどあなたに惹《ひ》かれました」

「そのご託はもう聞き飽きた」

好きだと告げられるたびに蘇芳の胸は甘苦しい疼《うず》きに襲われる。

今まで誰からも、こうも積極的に熱っぽく求められたことはなく、どう対処すればいいかわからない。

頭と心に濃厚に絡みついてくるヴィクトルの言葉を振り払うように、蘇芳はいきなり椅子から立ち上がる。

背後で東吾が両開きの扉を開けた。

「次は二週間後にゴルフ場で会えるのでしょうか」

ヴィクトルはいかにも名残惜しげにゆっくりと腰を上げ、蘇芳と向き合った。

「僕はそこまで暇ではない。結果だけ報告を受ける」

「そうですか。それは残念だ。今回の一件とは関係なく一度ポイプ・ベイをあなたと回ることができれば嬉しいのですが」

「そんな科白《せりふ》は僕を抱いてから言え」

「つまり、私は何が何でも三つの課題をクリアしてご覧にいれなければ、この先二度とあなたに会っていただけないということですね」

ふっと溜息をつき、ヴィクトルは目を伏せた。

消沈したかに思えたが、次に視線を上げたときには、ヴィクトルの瞳は強い意思と闘志を孕《はら》んで生き生きと輝いていた。

「わかりました」

凜然《りんぜん》と胸を張って爽《さわ》やかに言う。

今までの挑戦者たち同様、ヴィクトルも簡単にあしらってしまえると高を括っていたが、いささか甘く考えすぎていたかもしれない。蘇芳は嫌な予感に駆られ、取り返しのつかない失態を犯したような心地になった。

追い詰めるはずが、反対に追い詰められる結果になるかもしれない。

東吾の心配を杞憂《きゆう》だと撥《は》ねつけたが、まさにそのとおりになりそうな気がし始め、安寧《あんねい》と構えていられなくなってきた。

「ヴィクトル、待て」

別れの挨拶もせずに開け放たれた扉へと向かって歩きだしたヴィクトルに、蘇芳は思わず声をかけていた。

磨き上げた靴を大理石張りの床でカツンと鳴らしてヴィクトルが足を止める。

すらりとした立ち姿があまりにも堂々としていて、一種畏怖さえ感じるような寄せ付けがたい雰囲気があり、蘇芳は息を呑んだ。

「大丈夫、あなたはきっとまた私に会ってくださいます」

自信に満ちた言葉も、ヴィクトルが発すると単なるはったりには聞こえない。

背筋を緊迫感と恍惚《こうこつ》とを綯《な》い交ぜにした震えが走り抜け、僅《わず》かの間蘇芳を動けなくした。

その隙にヴィクトルは応接室を横切り、扉の脇に立つ東吾が頭を下げて見送る中、悠然と引き揚げていった。

＊

あの自信の持ち様は、それなりの根拠があってのことだろう。

一つの課題であっけなく白旗を揚げて退散しそうにないとは課題を出したときの感触からして覚悟していた。

「ポイプ・ベイでのゴルフ・マッチ、先ほど現地から勝敗の報告がありました」

バンコクのマンダリン・オリエンタル・ホテルで取り引き相手とパワーランチをしている最中に、東吾からそっと耳打ちされてメモを渡された。

すでにテーブルには食後のコーヒーが出されており、仕事の話は終わって歓談中だった。

メモを開くまでもなく、東吾の硬い表情を一瞥しただけで結果は明らかだ。

「世界ランキング四位が無名のジュニア選手に負けたのか」

蘇芳自身が屈辱を受けたも同然の結末に、悔しさのあまり手にしたメモをぐしゃりと握り締めていた。

幸い、先にテーブルを離れてもかまわない雰囲気だったので、蘇芳はほかの五人に「急用ができましたので」と断りを入れて席を立った。

　失意と怒りで気が立っているせいか、足早になる。

「エレニ氏の作戦勝ちです。我々は当日になるまで相手の選手が誰なのか知らされていませんでした。知らせるように指示しなかったこちらの不手際です」

　ぴったりと蘇芳の後についてきながら東吾は息一つ乱さずに言う。

　その声には後悔と怖れがはっきり表れていた。あまり感情を表に出さない東吾にしては珍しいことだ。

「不手際？　違うな。僕が彼を甘く見すぎていたせいだ。相手が誰だろうと負けるはずがないと信じていた。ランキング四位の名折れだな」

「相手は世界ジュニアランキングにもこれまで名前の挙がったことのない、まさに伏兵のような十七歳でした。公式記録を保持しないジュニアということで、メディアではほとんど騒がれていませんが、一部のゴルフファンやマニアの間では知る人ぞ知る天才少年だということです」

「ヴィクトルがそんな隠し球にうまく伝手《つて》があったとはな」

「四歳くらいからゴルフクラブを握って育ったそうですが、ジュニアゴルフ協会に入会したのは十五歳になってからで、それまでは自己流で練習していたのだとか」

「あらかじめそのジュニア選手の名を知っていたとしても、打つ手はなかっただろう」

蘇芳は十七歳の選手自体にはなんの興味も引かれず、あっさりと受け流した。

「どれほどの天才か知らないが、勝負は時の運だ。それとも、私の選んだ選手が相手を侮《あなど》って楽勝だと油断したせいか？」

「誠に遺憾《いかん》ながら、それも少なからず勝敗を左右した模様です。対戦相手が未成年とわかった時点で馬鹿にされたように感じ、最初にやる気を削がれた、というのが本人の弁だそうです。その後、見くびっていた相手のプレーに度肝を抜かれて焦りだし、みるみる崩れていったようですね。相手側は終始落ち着いていて、着実なプレーをしたそうです」

「愚の骨頂だな。次にまた同じ失敗をしでかしたら、スポンサー契約を打ち切る。彼にそう伝えろ」

「かしこまりました」

苦虫を噛み潰《つぶ》したような顔で蘇芳はホテルの敷地内の庭園に出た。

外は暑かったが、客室に戻っても苛立ちが増すばかりのような気がして、緑が生い茂る中を遊歩道に沿って歩く。

予断を許さない状況になってきた。蘇芳は渋々ながら認めざるを得なかった。

このまま進むと、かつてない恥辱を味わわされるはめになるかもしれない。それがにわかに現実味を帯びてきた。

しかし、ヴィクトルはあとまだ二つの課題をクリアする必要がある。三つすべてをやり遂げることによって、初めて一つ一つの勝利に意味が出てくるのだ。それはほとんど不可能なはずだった。

「蘇芳様、もう一つお伝えすることがございます」

いかにも言いづらそうに東吾が切り出す。

東吾は声音こそ平静だったが、表情は決して明るくなく、胸中に憂いを抱えているのが察せられた。

「次のサッカー対戦についてですが、先ほどエレニ氏からメールで連絡がありました」

蘇芳は一瞬耳を疑った。

「まさか、もう試合ができる人数を集めたのか⁉」

信じがたさに思わず声を尖《とが》らせる。

東吾はあたかも自分の落ち度であるかのごとく恐縮し、俯《うつむ》いた。

「おそらく。準備が調ったので、日取りを決めて欲しいと言ってきております」

たった十数日のうちに、どんな手を使ってチームを作ったのか。蘇芳には見当もつかない。

「……アマチュアを適当に募ったわけではないだろうな、いくらなんでも」

「わかりません。ただ、今回同様、精神的な揺さぶりをかける心理作戦でくる可能性はありそうです」

「とりあえず、チーム全員の名前と所属をリストアップして送らせろ。日程の調整はそれからだ。ヴィクトルもそれに異は唱えないはずだ」

少なくともサッカー対戦に関しては、ゴルフのときと違って、前もってヴィクトル側のチーム編成を知っておくことができる。

槇村グループが胸スポンサーになっているドイツのチームは、サッカー・ブンデスリーガ1部リーグに所属する名門チームだ。日本人の花形選手も一名在籍している。

そのうちの選りすぐりのメンバーでチームを編成して臨む。何人かはワールドカップにも出場経験のある選手だ。今回の一件は練習試合という形をとるものの、この試合での活躍ぶりが今後の公式戦における起用や、次回の契約更新に大きく影響すると言い渡してあるため、選手たちも必死だ。

普通に考えれば、寄せ集めで急遽《きゅうきょ》編成されたチームに負けるなど、まずあり得ない。

「あの男、僕をからかって愉しんでいるんだ。きっと前から僕が気に食わなかったんだろう。そういう輩が大勢いることは承知しているが、実際に挑んできた身の程知らずは初めてだ」

蘇芳はギリッと奥歯を嚙み締めた。

「たかが個人投資家ごときに身売りなどするものか。そんな屈辱、絶対に受け容れられない。情報でも技術でも、役に立ちそうなものをくれるというならまだしも、好きの一言で僕を抱きたがるなど、厚かましいにもほどがある」

どうせあんな言葉は口先だけに決まっている、という考えはもはや意地のように頭の中で凝り固まっていて、蘇芳を頑なにしていた。

「ゲームなど……なさらなければよかったのに」

珍しく東吾が、秘書としてではなく、唯一と言ってもいい蘇芳の友人の立場に立って、躊躇いを押しのけるように口を開く。

「公正で強気なあなたらしいと言えばあなたらしいが、本当に彼に関心がないのなら、ずっと拒絶し続けて会わないようにすればよかったのではないですか。でも、あなたは自分から彼にチャンスを与えるようなまねをした。……私でなくとも、深読みします」

「深読み？　どういう意味だ、東吾。最後まで言え」

東吾の言葉に気分を害した蘇芳は、足を止めて東吾を振り返り、不機嫌を露にする。

だが、これに限ってはどういうわけか東吾は強情だった。

「それは私の口からは言いたくありません」

とりつく島もなく拒絶する。

長い付き合いの中、こんなことは初めてで、蘇芳は当惑した。

「東吾。何か僕に怒っているのか……？」

日頃どれだけ高飛車な態度をとろうとも、蘇芳にとって東吾は大切な存在だ。東吾なら自分を理解してくれる、という信頼に裏打ちされた甘えがあるからこそ、わざと邪険にしたり我が儘を言ったりできるのだ。自分は東吾に百パーセント心を許していないにもかかわらず、東吾にはそれを求めてしまう。些末《さまつ》なことであっても隠しごとをされるのは心外だった。

蘇芳が本気で戸惑い、少なからずショックを受けたのがわかったのか、東吾は強張《こわば》らせていた顔の筋肉を僅かばかり緩め、「いいえ」と首を振る。

「すみません。ちょっと気が立っておりました」

伏し目がちになって秘書の口調に戻ってしまった東吾にこれ以上胸の内を明かせと迫っても無駄なことは明白だった。

引っかかりを残したままではあったが、蘇芳は追及するのを諦《あきら》めた。

「部屋でシャンパンでも飲まないか」

気を取り直して誘ってみる。

「はい。喜んで」

東吾もいつもの彼らしい優しく穏やかな態度で快く受けてくれた。

蘇芳はホッとして、東吾の二の腕に手をかけた。

「……おまえにだけは、嫌われたくない」

ぽつりと弱みを晒す言葉が口を衝く。

ほかの誰にもそんなところは見せないように心がけているが、東吾だけは特別だ。

眼鏡の奥で東吾の切れ長の理知的な瞳が大きく瞠《みは》られる。

「私があなたを嫌うなど、そんなことは決してありません。誓います」

その言葉が蘇芳にはなにより嬉しかった。

「ありがとう。おまえにはいつも感謝している。本当だ」

「蘇芳様」

東吾の目が感極まったように潤む。

背後から英語で会話しながら近づいてくるほかの客に気がつき、蘇芳が東吾の二の腕を放そうとすると、東吾の手が追いかけるように伸びてきた。

ちょうど東吾はヴィクトルと同じくらいの身長で、蘇芳との差はおよそ十センチある。

体格もヴィクトルほどではないが蘇芳に比べればがっちりしていて、手の大きさも指の長さも勝っている。

不意に手を取られて、蘇芳はなぜかそんなことをあらためて意識した。

「どうか、ずっとお側にいさせてください」

冗談にして軽口で応じるには東吾のまなざしはあまりにも真剣だった。

「今さらだ」

迷った末に、ようやくそれだけ答える。

摑まれた手を振り解くのは躊躇われ、預けたままでいた。

東吾は日頃の無口で物静かな彼からは想像もつかない激しさを見せる。

「あなたは、誰も好きにならなくていい。周りが勝手にあなたに心酔します。どうか、君臨し続けてください。あなたにはずっと今のままでいていただきたいです」

「言われなくても、僕はきっとこのままだ」

誰も好きにならない、とさらに続けようとして、やめた。わざわざ口に出して言う必要はないと思ったからだが、なんとなく言葉にするのを躊躇う気持ちが心の片隅にあった気もする。

蘇芳の言葉に納得したのか、東吾の手が緩む。

蘇芳はゆっくりと自分の手を取り戻すと、「行くぞ」と促して歩きだす。

東吾もすぐあとからついてきた。

背中に注がれる視線が今までになく熱っぽく感じられ、少し心地悪かった。

だが、しばらくするとそれも意識の外に追いやっており、雲行きが怪しくなってきたヴィクトルとの取り引きのことしか頭になくなっていた。

＊

黒塗りのマセラティ・クアトロポルテが別荘の車寄せに到着したのは、日没が近づく頃だった。ケニアの首都ナイロビに蘇芳が持つロッジふうの別荘で、蘇芳自身も渋々ヴィクトルを玄関先で出迎えた。今晩は蘇芳がホストとしてヴィクトルをディナーに招いた形になっている。ヴィクトルからのたっての希望で、悔しいことに蘇芳は否と突っぱねられなかった。

車を運転してきたのはヴィクトル自身だった。

ドライバーズシートから降り立ったヴィクトルは、蘇芳にふわりと微笑みかけて「こんばんは」と挨拶すると、そのままリアシートに回って、後部ドアを開いた。

しなやかな身のこなしで降りてきたのは、黄金色の美しい猛獣だ。

慣れたように首輪をしており、まさにペットという風情だった。恐ろしさよりもまず佇まいの優雅さと、ヴィクトルに対する敬愛にも似た従順さに驚嘆を感じ、唖然《あぜん》と見つめるばかりだ。

「お約束の贈りものです」

ヴィクトルはチーターを脇に従え、蘇芳の前に進み出る。

チーターはなんの合図も受けぬうちからヴィクトルの横でお座りをする。

近くで見ると溜息が出るほど綺麗な、立派な成獣だった。筋肉質の引き締まったボディと鋭い目つきが狩猟に長けた野生を失っていないことを感じさせる。おとなしく首輪を嵌《は》めさせているのが奇跡のようだった。

蘇芳はこくりと小さく喉《のど》を鳴らし、チーターからヴィクトルに視線を向けて、強張った表情のまま断固として言った。

「受け取れない」

傍らに控えた東吾が息を呑んだのがわかる。蘇芳の立場上、いくらなんでものっけからこの対応はあり得ないだろうと驚いたようだ。

「なぜですか?」

ヴィクトルは冷静沈着そのものだった。まるでこうなることをあらかじめ予測していたかのごとく、まったく動じない。

「おまえは卑怯《ひきょう》だ」

本当は口を利くのも嫌なくらい怒り心頭に発している。今はヴィクトルの顔を見るのも腹立たしかった。

蘇芳の憤りに反応したのか、チーターが不穏な空気を敏感に感じ取ってグルルと低い唸《うな》り声

を発する。蘇芳を見上げた目には不審と敵意が窺《うかが》えた。チーターにとって、主人はまだヴィクトルなのだ。おそらくチーターが蘇芳に飛びかかってこないのは、ヴィクトルが泰然としているからに違いない。

卑怯、などという強い言葉で誹《そし》っても、ヴィクトルは顔色一つ変えなかった。

「確かに、サッカーの件に関してはフェアだったとは思いません」

悪びれずに淡々と非を認めるヴィクトルに蘇芳の憤懣《ふんまん》は増すばかりだ。不愉快さのあまり胸がむかむかする。

「ですが、私はあなたとの取り引きをどうしても成功させたかった。使えるものはなんでも使うのが勝負に勝つためのセオリーです。あなたには最初から、一流のチームとスタッフと彼らに有利なホームスタジアムの三つがあった。それに対抗するには、有力選手を二、三人、今以上の条件を提示して引き抜くよりほかにないと思ったものですから」

「引き抜いて、こともあろうにほかのチームに移籍させた。考えられない暴挙だ！」

「決めたのは選手と各チームです。私はその仲介をしただけで、何も強要はしていません」

「移籍の条件に、練習試合をキャンセルすることとしたのは、明らかにあなたの都合だ」

「それは当然の話です」

ヴィクトルはいくら蘇芳が声を荒げてもたじろがず、ぴしゃりと撥ねつけた。

「そのために私は彼らがあなたのチームと結んでいた契約を中途解約するための違約金を払ったのです」

「……そこまでして僕に煮え湯を飲ませたかったのか」

蘇芳は手のひらに爪が食い込むほど拳を握り締めた。

練習試合の前日、申し合わせたかのごとく主要選手三名が辞退を申し出てきて、理由として移籍の契約を内々で進めていたことを明かしたとの報告を受けたときには、あまりの事態に嗤《わら》うしかない心境だった。

「課題をクリアしなければ二度と会ってはいただけなかったのでしょう?」

ヴィクトルはせつなげに目を細める。

「おかげで今季うちのチームはボロボロだ」

恨みを込めて呟き、そっぽを向く。

メディアには痛くもない腹を探られ、スポンサー企業との確執か、だの、金銭面でのトラブルか、だのと勝手な憶測で根も葉もない記事を書かれ、企業イメージは大幅にダウンした。

父が激怒したのも無理はない。

呼びつけられて、またしても側近たちの前で散々に罵詈雑言《ばりぞうごん》を浴びせかけられた。慣れた側近たちでさえ、いたたまれなさそうに俯きっ放しだったほど屈辱的な言葉の数々だった。彼らは最後まで蘇芳の顔を見なかった。この場に居合わせたことを誰しもがきまり悪く思っていたに違いない。

さすがの蘇芳も心をズタズタに切り裂かれ、疲労困憊《こんぱい》した。

そこにさらに追い打ちをかけるように試合の結果を知らされ、すでに覚悟していたとはいえ、一言も発する気力が出なかった。

「挙げ句の果てに、この僕をナイロビくんだりまで来させて得意顔か。たいしたものだな」

「このチーターはいい子ですよ」

ヴィクトルは蘇芳の喧嘩腰の刺々《とげとげ》しい発言には取り合わず、親しげな笑みを浮かべたまま屈《かが》み込んでチーターの首を抱き、頭を撫《な》でる。

「まだ一歳にもならない若い雄ですが、利口で、人間の言うことをよく聞きます。もともと飼い慣らすつもりで生まれたときから犬と一緒に育てましたので、犬を基準にして序列を理解しているんです。犬が人間に従うところを見て、人間のほうがさらに上だと意識づけされている。それでも万全を期すために、お引き渡しする日を延ばして調教を徹底させました。万が一にも蘇芳さんにお怪我をさせてしまっては、私は一生後悔しますから」

「とにかく、僕はそれは受け取らない」

蘇芳は厳しい表情で断固として拒絶する。

「連れて帰れ。そして、金輪際僕の前に現れるな」

ヴィクトルはフッと溜息をつき、ゆっくり立ち上がった。

「それは、取り引きを反故《ほご》になさるという意味ですか？」

静かだが凄《すご》みのある声で問い質《ただ》される。

蘇芳は冷や水を浴びせられたような畏怖を覚え、全身にザッと鳥肌が立った。

思わず一歩後退りかけたが、寸前で踏み止まり、精一杯意地を張って強気でヴィクトルを睨み返す。

自分から言い出した取り引きを、癇癪《かんしゃく》を起こして反故にしようとしている身勝手さは蘇芳も重々承知していた。恥ずべき行為だ。この場合、卑怯と誹られるのは自分のほうだと理性では理解している。それゆえ、蘇芳には何も言い返せず、ヴィクトルをただ睨み据えて、子供のように反抗するしかなかった。

「……認めない。こんな形でおまえに抱かれるのは絶対に嫌だ。許さない」

玄関先で向き合ったまま対峙《たいじ》する。

東吾は固唾《かたず》を呑んで二人の様子を見ていた。

「どうしても、ですか？」

「ああ」

ここまで来たら我を通すしかないと決意して、蘇芳は怯《ひる》まず頷いた。

「それでは、今晩のディナーのお約束もなしですか?」

「こんな雰囲気になっている中、僕の顔を見ながら食事をしても、美味しくもなんともないだろう。消化に悪いだけだ」

「確かに」

これにはヴィクトルも異論を唱えなかった。蘇芳の態度が軟化しそうにないと諦め、押すばかりでは埒《らち》が明かないと悟ったようだ。

「わかりました」

ヴィクトルは案外あっさりと譲歩する姿勢を見せた。

蘇芳は一瞬拍子抜けしたが、決してヴィクトルが蘇芳の我が儘をすんなりと受け容れたわけではないことは、すぐに明らかになった。

「私としても、無理に事を為す気はありません。あなたの同意が必要です。そのために、私は一つ譲歩します。カラフ王子を見習いましょう」

トゥーランドットに求愛した王子を引き合いに出してそこまで言われては、蘇芳も頭ごなしに突っぱねるわけにはいかない。もともと汚い幕の引き方をしようとしているのは自分のほうだ。卑怯者にならずにすむならそのほうがよかった。

「あなたは、ずっと私の正体を疑っておいでだった。当然、私の言葉も信じてはいらっしゃらない。今でも多分そうですね？」

　蘇芳は黙っていることで肯定した。

　今回の取り引きでヴィクトルが示した財力、行動力、各界への根回しなどを目の当たりにして、やはり只者《ただもの》ではない、と疑いを再燃させたところだ。

「蘇芳さん、一週間差し上げます。その間にあなたの持てる力をすべて使って、私の正体が別にあるかどうか見極めたらいいでしょう。私がヴィクトル・エレニという名で米国に籍を置く投資家ではなく、本当は別の人間だという確たる証拠を挙げていただいたら、私はペテン師だと自分を認め、あなたの前から消えます」

「ではあのプロフィールは嘘なのか？」

「そうは言っていません。あくまであなたがお疑いなら調べてみたらいい、と申し上げているだけです」

　ヴィクトルは微妙な言い回しをした。

　嘘なのか、真実なのか、自分の口からははっきりさせない。

「一週間以内に何も提示できなければ、そのときこそ私をヴィクトル・エレニだと認め、私の言葉を信じ、負けを認めてください。いいですか。私は槙村の力がいかに大きく、優れているか知っていますよ。それをフルに使って何も見つからなければ、槙村の威信にかけて、あなたは私を信じるべきではないですか?」

ヴィクトルの言い分には一理あり、もう一度正式に拒絶するチャンスを与えてもらえるのだと受けとめれば、蘇芳に断る理由はなかった。このままでは後味が悪く、逃げたと後ろ指を指されても反論できない立場であることは間違いない。蘇芳にとっても気持ちのいいケリの付け方ではなかった。

「わかった」

蘇芳はヴィクトルの目をもう一度見据え、短く答えて唇を引き結んだ。

「ご了解いただけて嬉しいです」

ヴィクトルはふわりと魅力的に笑って、じっと蘇芳を見つめ返してきた。

トクリ、とまた蘇芳の心臓が高鳴る。

「それまでこの子は私が預かります。一週間後、あなたが納得のいく形で私を受けとめてくださったら、そのときあらためて贈らせてください」

「……自信があるようだな」

なんとか一矢報わねば気がすまずに蘇芳が皮肉を込めて言うと、ヴィクトルは躊躇いもなく「はい」と答えた。

「私は自分が誰であるか知っています。あなたも認めざるを得ないはずです」

暗に、自分はヴィクトル・エレニに間違いないのだと宣言する。

蘇芳にはそれが真実なのかはったりなのか判断がつかず、迷路に入り込んだ心地がした。

ヴィクトルは蘇芳と東吾に向かって丁重にお辞儀をすると、チーターを後部座席に戻し、自らも車に乗り込んだ。

「東吾」

蘇芳はヴィクトルが運転席の窓を開けてさようならと手を振るのを無視して、東吾を傍らに呼んだ。

滑るような足取りで近づいてきた東吾に、

「もう一度調べろ。水も漏らさぬよう、徹底的にだ」

と命じ、マセラティ・クアトロポルテの赤い尾灯を、車が門を出て見えなくなるまで睨みつけた。

＊

何も出ない。

一週間かけて、ありとあらゆる方面からヴィクトル・エレニという人物を再調査させたが、彼のプロフィールは公称どおりで、偽りはいっさい見つからなかった。

生まれたときからここ最近に至るまでの節目節目の写真や記録、運転免許証やパスポートなどの公的な証明書の発行歴が確認され、疑う余地はない。

これらすべてを偽造だとするなら、よほど念入りに準備を重ね、国家規模のスパイ活動が為されていると考えるほかなく、その証拠を挙げるには一週間では短すぎた。

「総資産は数百億に上るのではないかと思われますが、大部分をスイスの銀行に預けているらしく、確認は取れません。人付き合いはあまりせず、社交の席にはめったに顔を出さないとのことで、特に親しくしている友人知人はいないようです。蘇芳様を初めて見かけたというパーティーの出席者名簿には記名がありました」

東吾の報告を聞くにつけ、心証としては疑いを捨てられないのだが、記録の類《たぐい》は完璧、という、なんとも据わりの悪い気分になる。

「結局これといったご報告ができずに申し訳ありません」

東吾は沈鬱《ちんうつ》な顔で深々と頭を下げる。

「いや。おまえは十分働いてくれた。あとは僕がやる。下がっていい」

感情を押し殺し、蘇芳は東吾を書斎から出て行かせた。

東吾は何か言いたそうにしていたが、椅子を回して体を横に向け、話すことは何もないという態度をあえてとることで回避する。

今は東吾の思いまで受けとめるのが重く、心配や憐情《れんじょう》じみたものを向けられるのが煩わしくさえあって、とにかく一人になりたかった。蘇芳は自分の気持ちと折り合いをつけることすらまだできておらず、これから一晩かけて覚悟を決めなければいけないところまで追い込まれていた。

東吾が躊躇いを振り切るようにして退室したあと、蘇芳は置き時計で時刻を確かめた。

パリは今、午後十一時過ぎだ。

悩んだところで仕方がない。結果はすでに出ている。

蘇芳はヴィクトルがヴィクトルではない証拠を摑めなかった。ヴィクトル・エレニに間違いないとしても、近づいてきた目的がどこにあるのか、それも定かでない。

疑いは晴れないが、それは蘇芳の心証以外の何ものでもなく、本気でヴィクトルが求愛してきているのだということを否定できるだけの根拠は何も見つからなかった。

認めるしかない。

恥辱に喉を掻《か》き毟《むし》りたいほど耐え難い心地がするが、この上約束を破って逃げるのは矜持が許さなかった。すでにもう、卑怯者の汚名を着せられても反論できないだけのまねをしている。

エグゼクティブチェアの背凭《せもた》れに後頭部を預け、目を閉じる。

かつて味わったことのない屈辱に、心が乱れ、頭が混乱していた。

往生際悪く、まだ打つ手があるのではないかと突破口を探すが、動揺していて頭がさっぱり働かない。どのみち正攻法ではこの不利な状況を打破できそうになく、足掻《あが》けば足掻くほど自分が惨めになる気がした。

蘇芳はふっと諦観《ていかん》に満ちた溜息をつき、姿勢を正してパソコンに向かった。

「……一度抱かれてやるだけだ。それで彼も満足するだろう」

受け身を強いられるとわかりきっている男同士のセックスに悦びや楽しさがあるとはとうてい想像できず、蘇芳にしてみれば痛めつけられに行く決意をするようなものだ。

ヴィクトルにメールを打つ。

前置きなどいっさいなしのそっけない文面で、我ながら嫌味な感じのメールになった。

送信してしばらくすると、驚いたことにさっそく返事が届いた。まるで待ち構えていたかのような素早さだ。

蘇芳はヴィクトルからの礼儀正しく丁重なメールを一読し、削除しかけて思いとどまった。

ヴィクトル自身が蘇芳を追い詰め、脅かしているくせに、大丈夫ですかなどと気遣う厚顔無恥さにムッとしたのだが、文面には蘇芳への敬愛と情が込められており、ちょっとでも冷静になってみれば、怒る筋合いはまったくないと認めざるを得なかった。

唇を噛んで少しの間逡巡《しゅんじゅん》し、思い切って一言だけさらに返信する。

『了解した』

ヴィクトルが寄越した迎えの車で連れていかれた先は、コンコルド広場に面した由緒正しい超高級ホテルだった。元は伯爵の館だったという建物は絢爛《けんらん》豪華の一言だ。

車から降りると、出迎えたドアマンが心得た様子でインカムを使い、ベルデスクに「槇村様、お見えになりました」と連絡する。ヴィクトルからの指示が行き渡っているのがわかる。

この期に及んで逃げる気は毛頭ないが、足取りが重く、憂鬱なのは否めない。

フロントに向かう途中で黒服姿のホテルマンが近づいてきた。風格を感じさせる立ち居振る舞いを身につけた壮年の男性スタッフだ。蘇芳に折り目正しい挨拶をし、案内に立つ。

彼のあとについて赤い絨毯《じゅうたん》を敷いた大理石の階段を三階まで上がった。

客室フロアでは清掃スタッフが部屋の掃除をしている最中で、備品類を積んだカートが廊下に出ていたり、エプロン姿の女性たちが行き来したりしている中を避けて進んだ。

宿泊客のほとんどはすでにチェックアウトしているか、出かけているかしているようで、ヴィクトルの部屋まで来る間、スタッフ以外は見かけなかった。二時半というのは、まさにそういう時間帯だ。

「ここで結構。ありがとう」

蘇芳はドアの前で男性スタッフにチップを渡して下がらせた。

すっと息を吸い、背筋を伸ばしてチャイムを鳴らす。顔が硬く強張っているのが自分でもわかったが、あえてそのままでヴィクトルに会うことにした。彼も蘇芳が上機嫌でここに来るとは思っていないだろう。

ガチャリとドアが開き、にこやかな顔をしたヴィクトルが姿を見せる。

イタリアンカラーのシャツをセオリーどおりに第一ボタンを外して着用し、カジュアルな装いの中にエレガントさとさりげない色香を漂わせている。

会うたびに感じるが、ヴィクトルが男性として非常に魅力的であることは間違いない。

初めての相手が狒々爺《ひひじじい》でないだけましと考えるべきか、と蘇芳は半ば自虐的に自分を慰めた。

「どうぞ、中に」

ヴィクトルはスイートタイプの広々とした客室に蘇芳を招き入れ、リビングのソファを勧めた。クリームイエローの壁に白い天井、クリスタルガラスの煌《きら》めきが美しいシャンデリア、重厚すぎず落ち着いたデザインの家具——居心地のいい部屋だ。センターテーブルの上にはマスカットやラフランスなどのフルーツを盛ったプレートと、ワインクーラーに冷やされたシャンパンが用意されている。ご丁寧にシャンパンの銘柄は蘇芳が好んで飲むものの一つだ。

「たいした歓待ぶりだな」

蘇芳はソファに座るなり足を組み、肘掛けに片肘を突いてそっぽを向いた。

「あなたは戦闘モード全開ですね」

ヴィクトルは口元に苦笑を浮かべ、この状況を愉しんでいるかのごとく返す。

「でも、素敵な三つ揃いだ。このままどこかのサロンパーティーに連れだしたくなるほどお洒落にコーディネイトされている。一分の隙もなく、けれど、嫌味な印象ではない。さすがです。脱がせるにはちょっと手間がかかりそうですが、私はそういうのも嫌いではありません」

「よけいな口を叩いてないで、さっさとすませてくれ」

顔を背けたまま蘇芳は思いきり冷ややかに言った。

今さらヴィクトルと話すことはない。

やることをやって早く解放されたかった。なるべくなら日付が変わらないうちに帰宅したい。人々がアフタヌーンティーを始めるような時間からベッドに行けば、いくらなんでも夜までには満足するだろう。蘇芳としては食事などに付き合うつもりはさらさらなかった。

ガラッと氷の中からボトルを取り出す音がする。

視線だけずらして見ると、ヴィクトルが優雅な手つきでボトルについた水気をナプキンで拭《ぬぐ》っていた。

「その前に一杯やりませんか。ルイ・ロデレールのクリスタル・ブリュット二〇〇二年、悪くないシャンパンだと思いますよ。大当たりの年ですから」

しらふよりはましかもしれない。蘇芳は拒絶しようと開きかけた唇を引き結び、ツンとしたまま正面に向き直る。

ポン、と景気のいい音をさせてコルクが抜け、細やかな泡を立てつつシャンパンがフルートグラスに注がれる。

差し出された長い足つきのグラスを蘇芳は黙って受け取った。もとより、ガス入りのミネラルウォーターよりシャンパンを好むくらいで、日常的に飲んでいる。よほど体調が悪くない限り一杯や二杯では酔わないが、いくらか気分が軽くなりそうだ。

ヴィクトルが一人分の間を空けてソファに座る。

「チーターはずっとケニアで専門の飼育員の方に面倒をみていただいています。蘇芳さんのご都合のよいときに、いつでもお引き渡ししますので、あらためてご連絡ください。少なくとも今日は彼がここにいないほうがあなたも落ち着けるかと思ったものですから」

「いらないと言ったはずだ」

蘇芳は苛立ってぶっきらぼうに言い、シャンパンを呷《あお》るように飲む。

喉に炭酸が弾けてチクチクと針に刺されるような軽い痛みが広がる。いつもは心地いいはずの刺激が、今はむしろ不快に感じられた。

「動物は苦手だ。犬も猫も飼ったことがない。チーターなど論外だ」

「では、あなたは、最初から私がそれ以前に引き下がると踏んでおられたわけですか？」

「もちろんだ」

蘇芳は投げやりな気持ちになっており、悪びれずに認めた。

「ひどい方ですね」

さすがに怒るかと思いきや、ヴィクトルはまだ余裕たっぷりに含み笑いしただけだった。

「まぁ、でも、そんなことではないかと思ってはいました。今までずっとそれで通してこられたわけでしょうから」

ですが、とヴィクトルは容赦ない一面も見せる。

「私にはそれは通用しません」

そのときだけは目つきが鋭くなり、獲物を狙って捕らえた猛禽《もうきん》類を彷彿とさせた。一度は爪を緩めたものの、二度それはないとはっきり宣告していた。

一瞬背筋が冷たくなり、全身が強張ったが、あっという間にヴィクトルのまなざしがすでに見慣れた優しく穏やかなものに戻ったため、蘇芳も緊張を解いた。

「最後の課題はパスするとおっしゃるなら、それはそれでかまいません。私はあなたに負けを認めてさえいただければいいのです。彼は私が責任を持って引き取りますよ」

「……勝手にしろ」

蘇芳はぼそっと呟くと、再びグラスを傾けた。

この場を仕切っているのは明らかにヴィクトルで、蘇芳は従うしかない立場だった。それをあらためて思い知る。

命令する立場に慣れ、傅《かしず》かれるのが当たり前という環境で育ってきた蘇芳には、ねじ伏せられ、従わされることは想像をはるかに超えた屈辱だった。

酔わなければとても正気を保てそうになかったが、飲んでも飲んでも心地よい酩酊《めいてい》などは訪れず、二杯目を飲み干したときには、体は気怠くなってきたのに頭の芯は覚めたままという、ありがたくない状態になっていた。

「あなたと秘書の葵《あおい》氏との間に肉体関係はあるのですか？」

いつの間にか肩が触れ合うほどの近さにまで距離を詰めてきていたヴィクトルに真面目に聞かれ、蘇芳は「はっ」と嘲《あざけ》りの声を発した。

「そういうのを下種《げす》の勘ぐりと言うんだ」

ありえない想像をされた憤りに顔が歪んでいるのが自分でもわかる。

「すみません」

そんなつもりはなかったのか、ヴィクトルは慌てた様子で率直に謝った。

「もっと違う聞き方をすべきでした。つまり、私は、あなたは男性同士のセックス経験がまったくないのか、それとも戯れにせよ一度くらい試してみられたことがあるのか、それを確かめておきたかったのです」

単に興味本位でないと訴えるヴィクトルの言葉は嘘や言い訳ではなさそうだった。

「だったらどうなんだ」

正真正銘未経験だと素直に答えるのがなぜか癪で、蘇芳は突っ張った返事をする。

ヴィクトルにはそれでも蘇芳が今夜本当に初めて男に抱かれようとしているのだと察せられたようだ。

「失礼しました。葵氏とのご関係の深さを考慮すると、弾みで一度、ということがあっても不思議はないような気がしましたので。それならば、ある程度の知識はお持ちでしょうから、私が準備に手をお貸しする必要はないかもしれないので、念のためお聞きしました」

「準備？　そんなもの、僕がすると思うのか。そちらで勝手に調えろ」

蘇芳は高飛車に一蹴し、ヴィクトルに向かってフルートグラスを突き出した。

もう一杯注げ、という意味だったが、ヴィクトルは小さく首を振り、蘇芳の手から優しくグラスを取り上げた。

「もうこのへんで。お顔にほんのり赤みが差してきていますよ」

うるさい、と文句を言おうとしたが、有無を言わさぬ目で窘《たしな》めるように見つめられ、手の指をぎゅっと握り締められて、声を出せなかった。

手を摑み取られたまま抗《あらが》う間もなく肩に腕を回して抱き寄せられ、流れるような手順で唇を奪われる。

今になってようやく酔いが回ってきたかのごとく頭も体も緩慢にしか働かず、蘇芳はヴィクトルのなすがままにされていた。

口唇を啄まれ、何度も繰り返し吸われる。

そのたびに体に電気を流されたような淫《みだ》らな痺《しび》れが走り、上げたくもないのに微《かす》かな喘《あえ》ぎが口を衝く。

そのうち、濡《ぬ》れた舌が唇を割って入り込んできた。

口腔《こうこう》を掻き混ぜられ、口蓋《こうがい》を舌先で擽《くすぐ》るように撫でられて、たまらない感覚がする。ビクビクと敏感に反応して顎を震わせ、あえかな声を洩らした。

ヴィクトルの舌はシャンパンの残り香を纏っており、搦め捕られて吸い上げられると、さらに頭が甘美に酩酊してきた。

鼻で息をしながら深いキスに翻弄《ほんろう》される。

ヴィクトルの唇と舌は巧みで遠慮がなかった。

シャンパンの味のする唾液を送り込まれて嚥下《えんか》させられ、濃厚さと淫靡《いんび》さに眩暈《めまい》がする。それでも嫌悪感は湧かず、飲み込みきれずに唇の端から零れ落ちた分が顎を濡らしても陶然としたままだった。

「私が怖いですか？」

ネクタイのノットに指を差し入れつつ、ヴィクトルが耳朶《じだ》に湿った息をかけて聞く。

蘇芳は虚勢を張って僅かに首を横に振る。

覚束《おぼつか》なげに震える睫毛《まつげ》に、本当は怖れていることが表れてしまっている気がしたが、自分ではどうしようもなかった。

シュルッと艶《なま》めかしい衣擦れの音をさせてネクタイを引き抜かれる。

「痛い思いはさせたくありません。あなたが気持ちよくなって、はしたなく乱れる姿を見せてくださるよう、精一杯努めます」

無理だ。無理に決まっている。喉まで出かけたが、蘇芳はキスの余韻で潤んだ瞳を伏せたまま無言で聞き流した。

上着とベストを脱がされ、ベルトを外してスラックスも下ろされる。

手際よく衣服を剝ぎ取られていく。蘇芳は目を閉じて唇をきつく嚙み締めたまま人形のように身を任せた。抵抗すれば相手の征服欲を煽《あお》り、昂《たかぶ》らせてますますその気にさせるだけだ。どのみち逃げ場はない。それより早く終わらせて自由にしてもらうほうがいいと考え、耐えた。

シャツを着たまま自然な流れでソファに押し倒されて、のし掛かられる。

手入れの行き届いた長い指でつっと頰を撫で下ろし、喉元を軽く愛撫《あいぶ》してからボタンを一つずつ楽しむように外していく。

あっという間にシャツを開かれ、胸板を露にされた。

「陶磁のような肌ですね。白くて肌理《きめ》が細かい。それに、とても綺麗に筋肉をつけていらっしゃる」

「やめろ」

口であれこれ言われるのがこんなにも面映ゆいものだとは思ってもみなかった。女性のように扱われるということにはこうした辱めも含まれるのかと、今さらながらに動揺する。

窓にはレースのカーテンが掛けられているだけで、ドレープカーテンは開かれたままだ。

昼日中の陽光が窓から燦々《さんさん》と降り注ぐ中、あられもない格好をさせられ、まだ自分自身は髪の毛一筋乱していない男に悠然と組み伏せられている。今まで味わったことのない屈辱だ。羞

恥と憤懣で頭が爆発しそうだった。

「ご託を並べてないで、早くやれ。痛かろうが傷つこうがかまわない。どうせこれは僕にとって負けた代償だ。あなたを甘く見て失敗した。だから優しくなんかされたくない。気を遣われるのはかえって迷惑だ」

「それは無理ですよ、蘇芳さん」

感情を昂らせて自虐的な発言をする蘇芳に、ヴィクトルは穏やかだが断固とした調子で返す。

「きっかけは取り引きだとしても、私の望みはあなたの心も体も私のものにすることです。私を好きになっていただくためにできる限りのことをします。一度寝たら私が満足するとお思いなのでしたら、その考えは捨ててください」

「一度では許さないつもりか。ふざけるな」

「最初からそんな約束はしていません」

ヴィクトルは蘇芳の裸の胸に手のひらを触れさせ、素肌の感触を愉しむように撫で回しながら容赦なく言った。口調は優しいが言葉自体は厳しい。思惑どおりにはいきそうにないと悟った蘇芳は小さく息を吞み、返す言葉もなく顔を背けてヴィクトルから目を逸らした。勝手にしろと虚勢を張る余裕もない。

「いい、と言わせてみせます」

蘇芳が観念したと見て気分がよくなったのか、ヴィクトルが珍しく俗っぽい口を利く。

色香の漂う科白と、マッサージとは明らかに違う官能を刺激する手の動きに、蘇芳は唇を噛み締め、身動《みじろ》いだ。

感じない、感じるものか、と意地を出しても甲斐なく、端から脆《もろ》く崩れていく。

普段は高潔な獅子《しし》のように気高く品のある佇まいをしていながら、こういう行為をするときのヴィクトルは想像以上に野性味があって熱っぽい。

「敏感ですね」

指を走らせるだけで肌を粟立たせ、ビクビクと顕著に反応して身を揺らす蘇芳に、ヴィクトルは感嘆したような息をつく。

声を洩らさぬように必死で怺《こら》えていたが、体の側面や腋《わき》の下、さらには両胸の小さな突起に触れられると、抑えきれずにはしたなく喘いでしまう。

他人と肌を合わせるのは久しぶりだ。

セックスにはもう飽きたつもりだったが、いざ行為に及ぶとそんなことはなかったと思い知らされる。

されるがままにじっとしているのはいかにも受け身の女じみていて嫌だったが、かといって自分からヴィクトルのシャツに手を伸ばすのにも抵抗があって、結局何もできない。

蘇芳の体は微酔《ほろよ》い加減のときには欲情しやすく、いつも以上に性的な快感を細やかに拾い集めてくる。みるみる体温が上がり、うっすらと肌が汗ばんできた。

指で弄《いじ》られた乳首は凝って膨らみ、誘うように勃《た》っている。そこをさらに摘んで揉みしだかれると、電流に打たれたような快感が全身を駆け抜け、あられもなく身悶《みもだ》えた。

ヴィクトルの性戯は積極的で躊躇いがない。

快感の余韻に震える喉を唇で辿《たど》り下り、鎖骨の窪《くぼ》みに僅かに溜まった汗を舐《な》め取り、乳首に吸いついてくる。同時に薄い胸板を寄せ上げるようにして揉まれ、首を振って抵抗した。これまで抱いてきた女性たちの姿が自分自身と重なり、羞恥にいたたまれない心地になる。

あんな姿をヴィクトルに晒しているのかと思うと屈辱に身が震えた。

「女のように扱うな！」

叫んでヴィクトルの肩を押し上げ、引き剝がそうとしたが、逞《たくま》しい体はビクともしない。

濡れた乳首を指で胸から括り出すよう摘んで立たされ、ますます強く吸引された。

吸われながらときどき舌先で嬲《なぶ》って弄ばれたり、歯を立てて甘嚙みされたりもする。

もう一方の乳首も交互に同様の愛戯を受けた。

充血しきった乳首はそのうち息をかけられただけで感じるようになり、硬く尖っていやらしく突き出たままになる。乳暈《にゅううん》もそれに合わせたかのごとく僅かに膨らんでいた。

ヴィクトルの手はやがて蘇芳の腰に伸び、下半身に一枚だけ残していたボクサーブリーフの上から股間の膨らみに触れてきた。

キスと胸への執拗な愛撫で硬くなりかけている器官を確かめられ、顔を横に倒す。

「男は欲望を隠せませんね。お互いに」

ヴィクトルは恥じた様子もなく己の股間を蘇芳の太股に擦りつけてきた。

勃っている。引き締まって均整の取れた筋肉質の体に見合った大きさと硬さの持ち物だ。

これをこれから蘇芳に対してどう使うのか、知識はあっても現実味がなく、蘇芳は内心動じて怯みつつ、こくりと喉を鳴らした。怖くないと言えば嘘になる。不様なまねだけはしたくないと思っているが、それも自信がなくなった。

「大丈夫です。無理なことはさせません」

蘇芳の恐怖心を察したようにヴィクトルが先回りする。

宥《なだ》めるようにうなじに唇を押しつけられ、やんわりと肌を吸われた。

こんなふうに、冷静さと情熱を巧みに使い分け、肉体と言葉の両方を駆使して口説かれると、そのうちヴィクトルの手管に嵌まりそうだ。

乗せられるものかと蘇芳は気を引き締めた。

許してやるのは体だけだ。

布地越しに性器を擦られてもどかしい快感をさんざん与えられたのち、ブリーフを下ろして腰を剝かれた。足から抜き去った下着を丸めて床に落とされる。

「もう濡れてきてますね」

ヴィクトルは嬉しそうに微笑むと、前をはだけたシャツ一枚になった蘇芳をソファに横たえ、自分は床に下りて屈み込む。

指で股間を弄られ、陰茎の根元を支え持った状態で亀頭を口に含まれた。

熱く湿った粘膜に包まれた先端が気持ちよさに脈打つ。

先走りを滲《にじ》ませた恥ずかしい隘路《あいろ》を舌先で抉《えぐ》って舐め回され、あられもない声が出た。

むず痒いような快感に腰が自然と揺れる。

なぜこんなに、と疑いたくなるほどヴィクトルは男の性器の愛し方も上手かった。

喉に当たるくらい深く陰茎を口に含み、竿《さお》全体を強弱をつけて吸引する。

「あぁあっ」

脳髄が痺れるような悦楽に蘇芳は顎を反らし、背中を座面から浮かせて大きく仰《の》け反《ぞ》った。

快感は何度も繰り返し蘇芳を襲い、そのつどヴィクトルの口の中で達してしまいそうな快感を味わわされたが、ヴィクトルはまだ蘇芳の乱れ方が足りないとばかりに寸前で緩めて頂を越えさせない。

はぐらかされるたびに蘇芳は矜持を剝ぎ取られ、意地を張れなくなっていく。

最後の最後にようやく許されたときには、自分のものとも思えない嬌声《きょうせい》を上げてヴィクトルの手のひらに放つや、意識をなくしてしまった。ここまで激しく翻弄されての射精は初めてで、強烈な法悦を受けとめきれなかったらしい。

気がつくと、バスローブを羽織らされて横抱きに抱え上げられ、移動している最中だった。

「ヴ、ヴィクトル、下ろせ……！」

腕が滑って落とされでもしたら、という恐れが頭を過り、気がつくなり蘇芳は動顚《どうてん》した。

「このままじっとしていてください。すぐに下ろします」

ヴィクトルも全裸になったようで、やはりバスローブ姿になっている。

体重が五十七、八キロしかないとはいえ、男の蘇芳をヴィクトルはやすやすと抱え、安定した足取りで浴室に連れていく。

開け放たれたドアから中に入ると、バスタブにはすでに湯が張られていた。

ヴィクトルは蘇芳を慎重に足から床に降り立たせてくれた。

極まると同時に失神するなどという醜態を晒したきまりの悪さから、蘇芳はヴィクトルの顔をまともに見きれず、俯きがちになって髪を搔き上げる。

観音開きの扉が閉じられ、カチリと鍵をかける音がした。

蘇芳はじわじわ顔を上げた。

「……一緒に風呂に入れと言うつもりか？」

洗面台の引き出しを開けて何かを手にしたヴィクトルが、振り返って蘇芳に向き直る。

「それはまたあとの愉しみにとっておくとして、今は蘇芳さんにしていただく準備をお手伝いします」

嫌な予感がして顔を上げた蘇芳の目の前にヴィクトルが腕を伸ばしてきた。手のひらを上にして、持ってきたものを見せる。

「お使いになったことはありますか？」

「あるわけがない！」

蘇芳はカッとなって叫ぶと、逃げるように一歩後退った。

「冗談じゃない。絶対に嫌だ」

「むろん冗談などではありません」

ヴィクトルのまなざしは穏やかだったが、目には有無を言わせぬ強さがあった。

「お気持ちはわかりますが、従っていただきます」

「嫌だ」

さらに一歩後退り、蘇芳は頑なに首を振る。

男同士がセックスをするときにどこを使うかは知っているが、これは予想外だった。本音を言えば、よけいな知識を前もって仕入れておくと怖じけてしまいかねない気がしたので、あえて詳しくは調べなかったのだ。

「案外往生際の悪いところがおありになる」

ヴィクトルは呆《あき》れたというより、同情を含んだような顔つきで蘇芳を見る。

同情されるのは蘇芳が最も屈辱とするところだ。往生際が悪いという言葉にも、身に覚えがあるだけにひどく不快な気分になった。

負けず嫌いが頭を擡《もた》げ、挑む覚悟でヴィクトルを睨みつける。挑発されているとわかっていても、そう言われては潔くなるしかなかった。プライドだけは捨てたくない。

言葉では何も答えなかったが、態度や顔つきから蘇芳が観念したことがヴィクトルにも察せられたらしい。

フッと唇の端を上げて笑みを刷き、「こちらへ」と蘇芳を手招きする。

「……自分でする。それをこちらに渡して出ていけ」

その場から動こうとせずに、せめてもの抵抗で我を通そうとしたが、ヴィクトルは首を振って承知しなかった。

「して差し上げます」

言葉つきは慇懃《いんぎん》でも、逆らうことを許さない強い意思が感じとれ、気圧される。

蘇芳はやむなく諦めた。わざとらしく溜息をつき、仏頂面でヴィクトルの傍に歩み寄る。

「怒った顔も綺麗でそそられますよ」

「黙れ」

ソファでは淫らに啜り泣きさせられ、哀願したことも忘れ、蘇芳は今まで誰にも膝《ひざ》を折ったことがないかのような傲岸《ごうがん》さでヴィクトルを怒鳴りつけた。

蘇芳が声を荒げてもヴィクトルはまったく意に介したふうもなく、泰然としたままだ。

「綺麗と言われるのはご不満ですか？」

「べつに」

蘇芳は紐を締めずに羽織っただけのバスローブの胸元を掻き合わせ、不機嫌さを丸出しにした声で返す。

「誰も彼もそう言うから、きっとそうなんだろう」

蘇芳の顔を見れば嫌味と皮肉ばかり並べ立てる父親ですら、侮蔑《ぶべつ》を込めて「あの女譲りの美貌」と何かにつけて吐き捨てる。

不愉快なことを脳裡《のうり》に浮かべて眉間《みけん》に皺《しわ》を寄せた蘇芳を見て、ヴィクトルは何か察したかのごとくすっと目を眇めた。具体的な事情はわからないまでも、蘇芳が辛《つら》い気持ちになったことは間違いないと感じたのだろう。情の籠もった温かいまなざしを向けてくる。

同情されるのはまっぴらのはずだったが、このときはなぜか反発心は湧かず、逆に縋《すが》りつきたいような心地に駆られて、慌てて自制した。

ヴィクトルもこのことには触れることなく、気を取り直した様子で蘇芳にあらためて声をかけてきた。

「ここに横になってください」

広い浴室の壁際に置かれた籐製《とうせい》のカウチを指される。

この期に及んでぐずぐずと引き延ばしても時間の無駄と意を固め、蘇芳は渋々従った。

バスローブを着たまま左側面を下にして背凭れのほうを向き、膝を抱えて丸くなる。

緊張せずにはいられず、顔面が強張り、鼓動が速くなってきた。

幸いだったのは、ヴィクトルが医師のように淡々と事務的に処置を施したことだ。

バスローブの裾を捲《まく》り上げられたときには憤死しそうなほどの恥ずかしさに襲われたが、片方の手で双丘を開かれ、窄《すぼ》まりの中心にあらかじめ潤滑剤をつけたノズルを手際よく差して薬液を徐々に注入されるまで、あっという間だった。

慣れぬ行為に不安と戸惑いを感じながら、ぎこちなくカウチに座り直した蘇芳の前に、ヴィクトルが跪《ひざまず》く。

「大丈夫ですか?」

蘇芳は煩わしげに小さく頷いた。

口を開くのも億劫《おっくう》で、また、怖くもあった。意識して締めている括約筋が何かの弾みでうっかり緩んでしまったらと思うとゾッとする。

「できれば十分間、我慢してください」

ヴィクトルは蘇芳の手を取って両手で愛おしむように握り締める。

蘇芳は緊張を保ったまま、ヴィクトルの手を払いのけた。

「わかったから、もう出ていけ」

「十分経ったら出ていきます。その間、お一人でいらっしゃるのは退屈だと思いますよ。話していたほうが気が紛れて時間の経過も早く感じられます」

「なら、勝手に何か喋《しゃべ》れ」

蘇芳のほうには話したいことなど何もなかった。

ヴィクトル自身の話を聞くのはやぶさかでない。

いったいどういう男なのか、この際だから知っておきたいと蘇芳は思った。

「お隣、よろしいですか?」

狭いカウチだったが詰めれば二人座れないこともない。

蘇芳が心持ち腰をずらしたところへヴィクトルが優雅な身のこなしで座りにくる。

ふわりと清潔な石鹸《せっけん》の香りがした。

蘇芳をこれだけ貶《おとし》めているヴィクトルが、相変わらず爽やかで気品のある佇まいをしているのは、狡い気がする。

バスローブを着てはいても、太股や肩が触れ合えば互いの体温と匂いを感じる。

嫌悪感はなく、あろうことか官能を刺激され、ゾクリとして鳥肌が立ってしまい、蘇芳は狼《うろ》狽《た》えた。

気づかれたくなさに、できるだけ端に寄ってヴィクトルから身を離す。

動くたびに腹部のうねりと、次第に強くなる排泄《はいせつ》の欲求が蘇芳を襲い、苦しめた。

「汗ばんでいらっしゃいますね」

蘇芳の努力の甲斐もなく、ヴィクトルは顔を覗《のぞ》き込んできて労《いたわ》りを込めた口調で言うと、腰に腕を回して抱き寄せ、体を密着させてきた。

「嫌だ。離れろ」

声が微かに震えてしまい、蘇芳自身困惑する。

ヴィクトルは聞こえなかったかのごとく取り合わず、蘇芳の額や頬をそっと撫で、髪に指を差し入れてあやすように梳《す》き上げる。

次第に我慢するのが辛くなってきて、蘇芳は上体を前に倒して腹部を庇《かば》う姿勢をとった。腹痛を感じるだけではなく、淫靡で倒錯的な、明らかに快感に近い感覚まで生じていて、それが蘇芳を苦しめ、狼狽えさせた。悪寒のなかに悦楽が混ざった淫らな痺れが幾度も幾度も襲ってきて、全身に鳥肌が立つ。

「……出ていけ」

蘇芳は声を絞り出し、ヴィクトルを追い払おうとした。

「もう少し我慢してください」

ヴィクトルは労る口調でありながら酷な返事をする。

「耐えていらっしゃるお姿もいい。ゾクリとします」

「触るなっ！」

バスローブの上から背中を撫でられただけで総毛立つほど感じる。蘇芳は堪らず身を捩《よじ》り、ヴィクトルの腕を乱暴に振り払った。

しかし、立ち上がろうと腰を浮かしかけた途端に再び捕まり、抱き竦《すく》められる。

「離れろ、出ていけ、触るな、あなたの発言は命令形だらけだ」

ヴィクトルの声音は穏やかで、怒った様子は微塵《みじん》もない。それにもかかわらず、蘇芳を黙らせる抑止力があった。年が上だからというだけではない、持って生まれた風格のようなものが蘇芳に位負けしていると感じさせたのだ。

「でも、いいですよ。あなたにはそうした傲岸不遜《ふそん》さが必要だと思いますし、高慢な態度や物言いがお似合いです」

普通なら皮肉か揶揄《やゆ》と受けとめるべき発言だが、ヴィクトルに毒気のない口調で言われるとそのどちらでもなく、ただ思ったままを邪気なく言っているように聞こえる。

「こうしていると少しは気が紛れますか？」

「紛れない」

一刻も早く楽になりたくて、蘇芳は利かん気を起こした子供のように首を振った。

ヴィクトルの手が胸元に入り込んできて、汗ばんだ肌を手のひらで撫で回す。

硬く凝って膨らみ、ツンと突き出した乳首に指で触れられた途端、蘇芳は嬌声を上げて仰け反った。まるで悦楽のスイッチを入れられたようだった。淫らな疼きが湧き起こり、脳髄を痺れさせる。

「触るな、嫌だ、あっっ！」

「まるで南天の実をつけたようですね。感じるとこんなになるんですか。いやらしい人だ」

「違う！　おまえが触るからだ……っ」

もがいてもヴィクトルは蘇芳をがっちりと押さえ込んだまま放さず、あちこちに手や唇を這《は》わせて火照《ほて》った肌を堪能する。

バスローブの胸元をはだけさせ、首筋や肩に唇を滑らせつつ、尖った乳首を摘み上げ、指の腹で押し潰したり擦り合わせたりして弄ぶ。

何度か手で払いのけようとしたが無駄だった。

我慢させられる苦しみの中にも猥《みだ》りがわしい快感が紛れていることを認めざるを得なかったが、さらにそこにキスや愛撫を加えられ、悦楽にまみれさせられる。

「ここもやっぱりまた勃ってしまいましたね」

昂りきった陰茎を握り込み、二、三度扱かれる。

それだけで蘇芳は息が止まりそうになるほどの快感に見舞われ、はしたなく腰を揺すって精を放っていた。腰の奥に埋まっていた熱いものがいっきに噴き出す感覚に、惑乱した声を上げ、啜り泣く。

達した瞬間、粗相までしたかと思うくらいいつもと違う深い法悦を味わわされた。

ぐったりと弛緩《しかん》した体をヴィクトルに預け、息を荒げて喘ぎながら、しばらく放心したように呆然となっていた。何も考えられず、指一本動かすのも億劫だ。

「蘇芳さん」

ヴィクトルは愛しげに蘇芳の名を呼び、覚束なく震えて開きっぱなしになった唇を優しく吸ってくる。

粘膜を接合させ、角度を変えて小刻みにキスするたび、甘やかすように「蘇芳さん」と繰り返し呼びかけられた。

「立って一人で歩けますか？」

蘇芳は首を縦に振った。

頭を動かした拍子に、睫毛に引っかかっていた涙の粒がぽとりと頬骨の上に転がり落ちる。ヴィクトルの指がそれをそっと拭い去る。細かなところにまでよく気のつく男だ。口先だけでなく本当に大事に扱ってくれているのを感じる。意地悪だが、非情ではない。蘇芳が本気で嫌がれば、おそらく無理強いはしない気がした。

「では、私は先ほどの部屋におりますので、何か足りないものや欲しいものがあれば遠慮なく声をかけください。時間は十分にありますから、ゆっくり湯に浸かって寛《くつろ》がれるといいですよ」

そして、風呂から上がったら、いよいよ本番込みのセックスか——せめてもの意趣返しに嫌味の一つでも言ってやりたかったが、何を言ってもヴィクトルはさらりと受け流して涼しい顔をしたままの気がして、頭の中で考えただけで実際には口に出さなかった。

蘇芳をカウチに残して立ち上がったヴィクトルは、本音は離れがたいのだ、と言わんばかりに未練がましく蘇芳の顔をじっと見つめる。

いい加減にしろ、とムッとした顔をすると、ようやく気を取り直した様子で、蘇芳の唇に唇を重ねて押しつけるだけのキスをした。

「……キス魔だな」

「そうかもしれません……、あぁ、いえ、そうではなくて、あなたにだけです。こんなにキスがしたくなるのは」

ヴィクトルは蘇芳に指摘されて気がついたような返事の仕方をする。

少し照れくさそうなまなざしに、たぶん嘘ではないのだろうと思って、蘇芳はこそばゆい気分になった。

誰かにここまで熱く、強引に求められたりかまわれたりするのは初めてで、面映ゆさと戸惑いと煩わしさがごちゃごちゃに渦巻いている。それでも、ヴィクトルの傍にいること自体は嫌ではなかったし、敵わなくて悔しい反面手強さが愉しくもあった。

強くて優しい男にならば、ねじ伏せられても屈辱以上のものが感じられて、許せるのだと初めて知った。これまで蘇芳にとって絶対的な命令者、権力者、抗えない存在は父親だけだった。ほかは誰も蘇芳に刃向かわない。心の底では何を考えているか知れたものではないが、面と向かって逆らう者や上段に構えた者、ましてや従わせようとする者など一人もいなかった。蘇芳の後ろに槙村帝国と称される巨大な力が存在するからだ。

蘇芳自身を見て、怖れ知らずにぶつかってきて、傲岸にも不遜にも振る舞わない。そんな相手とまみえたのは初めてだ。

興味は、ある。

芝居がかったやり方で接触してこられたときから、なぜか捨て置けなくて惹かれてしまうところはあった。それが今、これだけの辱めを受けておきながら、ますます膨らんでいっている。

変な男だ。酔狂で怪しくて、摑み所がない。思いきり胡散臭《うさん》いのに、会えば誠実さと真摯さばかりを感じ、本気で恋われているような気がしてくる。不思議な魅力と影響力を持った男であることは確かだ。振り回してやるつもりが、いつの間にか振り回されている。

早く自由になって槙村蘇芳という帝国の傀儡《かいらい》である自分、本来の立場に戻りたいと思う一方、ヴィクトルの手で一度すべての鎧《よろい》や仮面を剝ぎ取られ、作り替えられてみたいという気持ちが蘇芳の中に生まれつつある。

明日の朝まで引き止められたとしても、きっと、文句を言いつつ従うだろう。

ヴィクトルと一緒にいるのは退屈でも苦痛でもなかった。口や態度に出しているほど嫌ではない。ときどき胸がじわっと熱くなったり、心が昂揚《こうよう》し、気持ちが弾んでしまったりもする。

しかし、さすがにまだ、彼を好きになりかけているのだとは思い至らなかった。

バスルームで後ろの洗浄までさせられて、もうこれ以上恥ずかしい目に遭わされることはない、最後まですることをして終わるだろうと思っていたが、ヴィクトルはそう簡単に蘇芳を解放してくれなかった。

隅々まで丹念に体を洗い、濡れた髪をきちんと乾かしてからバスローブ姿で出ていくと、リビングで待っていたヴィクトルに冷えたシャンパン入りのグラスを勧められた。

喉が渇いていたので、黙って受け取る。時間が経って少し気が抜けていたが、入浴後に飲むにはこのくらいがちょうどいい。

「湯上がりは、格別色っぽいですね」

目を細めてつくづくと見つめられ、蘇芳は絡みつく視線を跳ね返すようにヴィクトルと目を合わせた。ヴィクトルはそれでもなお蘇芳を見つめ続ける。蘇芳も引っ込みがつかずに視線を逸らせなくなった。

時間が止まったような心地がした。

色香を孕んだまなざしが蘇芳の体を疼かせる。またしても下腹部に熱が集まりだし、性器に芯を持たせて硬くする。乳首も勃って、少しでも体を動かすとバスローブに擦れてはしたない声を上げそうになった。

「あちらに行きましょうか」

ヴィクトルの視線が寝室のドアに向けて流される。

浴室を出るとき、すでに覚悟は決めてきた。無言のままヴィクトルについていく。

ようやく傾き始めた日差しが窓から入り込んでいて寝室も明るかった。

中央にダブルベッドが据えられている。ベッドスプレッドは片づけられ、真っ白なシーツと、マットレスの裏に織り込まれた上掛けが妙に艶めかしく見えた。

「カーテンを閉めますか？」

意外にもヴィクトルのほうから蘇芳の気持ちを汲《く》んだ気遣いがあり、蘇芳は目を瞠った。

暗くなった室内に緊張が心持ち緩和する。

蘇芳は言われる前に自分から裸になってベッドに上がった。

ヴィクトルもバスローブを脱いであとから来た。

ひんやりしたシーツに背中を預けて横たわった蘇芳の上にヴィクトルが被さってくる。

体重をかけてのし掛かってきたヴィクトルを受けとめ、乾いた肌と肌を合わせる。ぎゅっと抱き締められたときに感じたのは、嫌悪ではなく安堵《あんど》だった。

「ひどいことをされるとお思いですか？」

「……べつに」

蘇芳は精一杯虚勢を張った。

「あなたが好きですよ」

ヴィクトルは情の籠もった口調で言い、蘇芳の唇を塞ぐと隙間から舌を滑り込ませてきた。

ディープキスにもすっかり慣らされ、濃厚で淫猥な行為をされても抵抗は消えていた。口の中を舌で蹂躙《じゅうりん》されるに任せ、送り込まれてきた唾液を素直に嚥下する。興が乗ってくるにつれ自分から舌を絡ませもした。

キスをされながら尖って敏感になった乳首を指で弄られる。

乳暈ごと括り出すように摘み上げられ、指の腹で突起を撫でられると、感じてしまって上体を反らせ、身を震わせて悶えた。

キスで濡れた唇を離された途端、嬌声を放つ。

ヴィクトルは体をずらして胸板にも唇を這わせだし、余すところがないほどキスで埋め尽くした。乳首も徹底して吸われ、存分に唇や舌先で弄ばれた。

何をされても苦しいくらいに感じる。

性器は触れられる前から硬く張り詰め、先端の隘路に先走りを滲ませていた。すでに二度達かされているというのに、蘇芳の体は我ながら恥ずかしくなるほど貪婪《どんらん》だ。女性とのセックスではこんなふうではなかっただけに戸惑う。もっと淡泊な質かと思っていた。

前戯でさんざん触ったからか、ヴィクトルは前にはかまおうとせず、腰に手をかけて下半身を捻《ひね》らせた。尻を横に向けた格好になる。

「ここ、洗いましたか？」

双丘の間に手を差し込まれ、蘇芳はビクッと身を震わせた。

「あ、洗った……」

羞恥に耐えて答える。

「確かめますから、じっとしていてください」

蘇芳はギョッとした。確かめるとはどういう意味だ、と身構えた途端、尻のあわせを開かれ秘部を剝き出しにされる。

「嫌だ、馬鹿っ！　見るな」

いくら部屋を暗くされていても、そんなところを露にされるなど許し難い。蘇芳は恐慌を来《きた》して叫んだ。とうていおとなしくしていられず、起き上がりかける。

だが、ヴィクトルは蘇芳の抗議を意に介したふうもなく、あっという間に蘇芳を俯せにしてシーツに押さえ込んだ。

「暴れないでください。いくら細身のあなたでも、本気で抵抗されたら私一人では押さえきれません。あなたに怪我をさせるわけにはいきませんから、おとなしくしていただくために不本意ながら腕を縛らせていただくか、隣室に控えている側近を呼んで押さえつけさせるか、どちらかの手段をとることになりますが、そうする必要がありますか？」

諭すように冷静に言われ、蘇芳は息を呑む。

柔和な顔つきをしているのに言うことはときどき非情で、そのギャップに啞然とする。飴《あめ》と鞭《むち》を使い分ける男だと痛感した。そういうところはやくざに近いが、高貴で品格漂う佇まいがそれとは一線を画している。昔の王侯貴族はもしかするとこんな雰囲気だったのかもしれない。

縛られるのも、ほかの男に拘束されて目の前で犯されるのも論外だ。

抵抗するのをやめてシーツに伏した蘇芳の背に、ヴィクトルは褒美のごとく唇を滑らせる。

「あなたを痛めつけるようなまねはしません。絶対に」

なぜかその誓いは信じられる気がした。

腰の下に筒型のクッションを入れて、尻を掲げる姿勢をとらされる。

羞恥に頰が火照り、恥辱に体が小刻みに震える。横倒しにした顔をシーツに埋め、せめてもの抵抗にぎゅっと目を瞑った。

大きく開かされた足の間にヴィクトルの体が置かれ、閉じようにも閉じられなくされる。

しかし、本当の屈辱はここからだった。

双丘を割り開かれ、狭間に息づく恥ずかしい部分をさらにもう一方の手で寛げられる。緻密《ちみつ》に寄った襞《ひだ》の縁に指をかけ、体の中を覗くように広げられ、蘇芳は悔しさのあまり嗚咽《おえつ》を洩らしそうになった。

必死に歯を食い縛って耐える。

内側から覗いているのであろう秘肉の壁に湿った息をかけられ、身が竦んだ。

たぶん、次に来るのは指だろう、指で中を抉られ、確かめられるのだろう、そう覚悟したが、触れてきたのは生温かくて弾力のある、濡れそぼった軟体動物のようなものだった。

咄嗟《とっさ》に蘇芳は頭を擡げ、髪が乱れるほど激しく首を振った。

「あぁあっ、あっ！」

それがヴィクトルの舌だとわかった途端、恥も外聞もなく泣いていた。

「許さない、嫌だ。嫌だ、ヴィクトルッ！」

恐慌を来したように叫んでも泣いてもヴィクトルは取り合ってくれず、蘇芳の秘部を舌で濡らし、嬲《なぶ》り続ける。

暴れたり逃げたりすればどうなるのか、先ほどのやんわりとした警告が頭に残っており、それもできなかった。はったりではなく、いざとなったら本気で言ったとおりにするだろうという気がして、体が萎縮《いしゅく》する。居丈高でなかったので、かえって本当だと蘇芳には思えたのだ。

両手の指で開き直され、固定された筒の中に、尖らせた舌が挿入されてくる。たっぷりと濡れた滑らかな舌はさしたる痛みも与えず奥まで入り込み、綺麗に洗浄してきたばかりの内壁を潤わすように舐め回す。

「ひっ、い、いや……あぁぁっ」

指は予想していた。ヴィクトル自身の陰茎で穿《うが》たれることも、できるかどうかはべつにして、試されはするだろうと覚悟していた。

しかし、舌は、もう絶対にあり得なかった。

「お願いだ、ヴィクトル。やめて、やめてくれ！」

蘇芳は惑乱し、矜持を捨てて哀願した。

唾液を送り込みながら抜き差しされる舌の動きに翻弄される。

しとどに濡れた器官を舌が行き来するたびに、ぐちゅぐちゅと卑猥な水音が立つ。

舌先で敏感な内側の粘膜を擽られたり突かれたりする感覚は淫靡としか言いようがなかった。

深々と入り込んで中で縦横無尽に動かされると、活きのいい魚が暴れている気がして、倒錯的な悦楽に喘いだ。

出入り口の窄まりも丹念に舐め尽くされ、唇で強く吸引された。

舌であちこちまさぐりつつ、ヴィクトルは蘇芳の弱みまで探り当てた。

比較的浅いところにあるその部分に舌を当てられた途端、蘇芳は雷に打たれたような刺激を受け、全身を突っ張らせて悲鳴を上げた。

「ああ、あっ！　やめて……頼むから、もう、しないで……っ」

堪らず泣き喚《わめ》いて制止を哀願したが、ヴィクトルはようやく見つけた悦楽を生むスポットを放置する気はないようだった。

舌を閃《ひらめ》かせ、強弱をつけて、そこを嬲る。

激しく乱れる蘇芳の姿に、ヴィクトル自身、性感を強く煽られて昂揚してきたようだ。

そのうち舌だけでは飽き足らなくなったのか、口を離して、唾液を塗した指を入れてきた。

もとより十分に濡らされていた秘部はやすやすと長い指を受け入れ、反射的に引き絞る。

「うう……！」

舌とはまた違う感覚に蘇芳は喘ぐように呻いた。

「すごい締めつけですね」

舌より深いところまで届く指が狭い筒の中を掻き回し、抽挿する。前立腺も撫でさすられ、押し上げられた。

「ひい……いっ、あっ、あ」

涙がシーツにぽろぽろ転がり落ちる。

ときどき悲鳴が声にならないくらい感じて悶えさせられた。

度を超した快感は辛くて苦しいものだと思い知らされる。

踊るように腰が揺れ、猛った陰茎がシーツやクッションに擦れて、とうとう触れられもせずに極まった。

三度目の射精ではさすがにもう勢いよく放たれることはなく、とろとろと少しずつ零れ出てきて、かえって長く絶頂感を味わわされる。

ぐったりと伏し、悦楽の余韻に全身をビクビクとわななかせる蘇芳に、ヴィクトルはサイドチェストに用意されているミネラルウォーターを飲ませてくれた。口移しで、少し温んだ水をゆっくり送り込まれる。

そうして、汗で湿りを帯びた髪を撫で、濡れた頰にキスをし、落ち着かせてくれた。

指を抜かれても後孔には中を蹂躙されたときに味わわされた淫らな感覚が残っていて、ヒクヒクと淫らな収縮を繰り返す。まるでねだっているようなはしたなさだったが、自分の意思では止められなかった。

まだ一度も達していないはずのヴィクトルが、扇情的なその様に欲情を搔き立てられたとしても無理はない。

「少しだけ、挿れても……いいですか?」

ヴィクトルは初めての蘇芳を気遣ってか、遠慮がちだった。

今さらすぎて、蘇芳は力なくヴィクトルを見上げ、口元を歪めて苦々しく嗤う。

ヴィクトルのものが完全に勃起したときの長さと太さを思うと少なからず恐怖を感じるが、どうにかして猛りを鎮めないことには終われないのは、同じ男として承知している。

素直にいいと許可するのもおかしな気がして、蘇芳はそのまま顔を反対側に回してふいと背けた。勝手にしろ、と態度で示す。

ヴィクトルはサイドチェストの抽斗《ひきだし》に腕を伸ばし、プラスチック製のボトルを手に取った。潤滑用のローションだ。

パチンと蓋を開ける音がする。

自分自身に施す気配がしたあと、蘇芳の秘部にもとろみの強いぬるつく液体を塗し、指に絡めて中まで濡らす。

滑りのよくなった後孔に硬く膨らんだ先端が押しつけられる。

ゆっくりと注意深く襞を割って、突き入れられてきた。

限界まで引き延ばされた窄まりの縁が軋んでいるような錯覚を抱き、蘇芳は緊張のあまり息の仕方を忘れ、全身を強張らせた。

「蘇芳、息を吐いて」

ようやく先のほうだけ挿れたところでそれ以上進めなくなったヴィクトルも、強く引き絞られて痛みを覚えたようだ。

初めて名前を呼び捨てられた。

体を繋《つな》いだから所有欲を露にしたとか、これを機に立場を逆転させたがっているという感じではなく、いたって自然に口を衝いたようだ。蘇芳も不快にはならなかった。むしろ、お互いの距離が狭まり、親密さが増した気がして、ホッとする気持ちのほうが強かった。本気で好きなのなら、いつまでもよそよそしい話し方をするな、と胸の奥で無自覚にも思っていたようだ。

言われたとおり大きく一つ息をつく。

蘇芳の体から力が抜ける。

そのときを逃さず、ヴィクトルは慎重に腰を進めてきた。

ズズッと嵩《かさ》のある雄芯が筒を押し広げつつ穿たれる。

「ううっ、うっ」

蘇芳は低く呻き、シーツに爪を立てた。

痛みはそれほど感じずにすんでいるが、筒をみっしりと埋め尽くされる苦しさ、繊細な内壁を擦り立てられる辛さにどう対処すればいいのかわからない。

おそらくまだすべてを受け入れていないだろうことは蘇芳にも察せられた。半分か、もしか

するとそれ以下かもしれない。

ヴィクトルはそのまま動きを止め、蘇芳の状態を見極めていたようだ。

やがて、ヴィクトルは途中まで穿ったものをゆっくり引き始めた。

「あ……あ、あっ」

抜かれるときにも感じて艶めかしい声が出る。

「罪作りですよ」

ヴィクトルに冗談めかして窘められた。

体の中を苛《さいな》んでいたものが完全に抜き出されると、蘇芳はいっきに楽になった。

ほっと、とりあえず安堵の溜息をつく。

またすぐに挿入し直すのだろうと思ったが、どういうわけかヴィクトルは蘇芳の腰の下から
クッションを外してしまった。

そして、蘇芳を仰向けに返し、上から体を被せてくる。

「太股をぴったり合わせて閉じていてくれますか」

蘇芳の太股の間にはヴィクトルの勃起した陰茎が挟み込まれている。

まさか、と蘇芳は驚いた。

「今日のところは、これで我慢します」

　ヴィクトルは屈託なく微笑み、腰を動かしだした。

　蘇芳の上で淫らに体を揺らすヴィクトルは壮絶に色っぽかった。

　達くときの顔はゾクゾクするほど蠱惑《こわく》的で、蘇芳の欲情を刺激した。もっと見たいと思い、そんな自分に愕然《がくぜん》とする。

　内股が熱い飛沫《ひまつ》で濡らされる。

「今夜あなたを帰さないといけませんか？」

　蘇芳を腹の下に敷き込み、息を乱した状態でヴィクトルが聞いてくる。

　迷ったのは一瞬だった。

「朝、送ってくれるなら」

　ぶっきらぼうにそれだけ言う。

「ありがとう。嬉しいです。もちろんちゃんとお送りします。そしてまた、夜には私の許に戻ってきていただけませんか」

　ヴィクトルは心底喜んでいるようだった。声を弾ませ、目を期待に輝かせる。

「調子に乗るな」

　蘇芳は顰《しか》めっ面でけんもほろろに撥ねつけたが、内心、自分はきっと東吾にスケジュールを調整させ、明日の夜だけでなくその後も暇ができればここに来るだろうと思った。

もう少しヴィクトルと一緒にいてみたい。
誰かに対して自分からこんなことを思ったのは初めてだ。
この気持ちがいったいなんなのか、探ってみずにはいられなかった。

Ⅳ

溺《おぼ》れる、というのがどういう状態と感覚を指すのか、ここ十日あまりの間に蘇芳《すおう》は身をもって知らされていた。

自分は今まさに溺れている、と蘇芳はヴィクトルに会うたび嚙《か》み締める。

会っていなくても会っていても胸がいっぱいで息もできないくらい苦しい。毎日ヴィクトルのことばかり考え、連絡を心待ちにし、相手の一挙手一投足に気を揉み、一喜一憂する。

なぜ突然こうなってしまったのか蘇芳自身にもわからない。

気に食わない、胡散《うさん》臭い、信じられない、騙《だま》されるものか――もともとは、およそ恋とは無縁の感情ばかり抱いていたはずの相手だ。たった一度抱かれただけで考えが変わったなど、認めたくない。絆《ほだ》されたと認めるのはもっと抵抗がある。けれど、実際はそれ以外のなにものでもないのだ。

蘇芳はヴィクトルに恋をしている。

いつ、何がきっかけで、と突き詰められても返事のしようがないが、それは確かだった。

もしかすると、初めて顔を合わせたときから本当は惹《ひ》かれていたのかもしれない。気になって無視できなかったのは事実だ。

一つだけ蘇芳にわかるのは、恋はある日あるとき唐突に、降って湧いたかのごとく自分の頭上に落ちてくるということだ。そこに理屈を求めても答えはない。

恋をすると世界が変わるとよく言うが、まさにそのとおりだった。

昨日まではなんの感慨も受けなかった風景がまるで違ったものに映り、何もかもが輝いて見える。それまで蘇芳にとって単調なモノクロ画でしかなかったあらゆるものが、いっきに色彩を帯び、乾いていた心を潤し、弾ませる。

仕事しかなかった蘇芳の生活は、ヴィクトルと付き合うことで張り合いのある毎日に変わった。これまではまったく関心のなかったことにも次々と興味が湧くようになり、何も知らない周囲をしばしば驚かせている。

今までコーディネーターに任せきりだった衣装や装身具などの身に着けるものを自分の好みで選びたくなったり、言葉遣いや態度に柔らかみが加わったりなど、些細《ささい》なことばかりだが変化は誰の目にも明らかなようだ。

ヴィクトルの影響は甚大で、彼が好きだというものを自分も理解し、共有したいという気持ちから、今まで見向きもしなかった小説を読んだり、クラシック以外の音楽を聴いたり、映画を観たりするようになった。

そうした蘇芳の変わり様に最も当惑し、複雑な心境になっているのは東吾《とうご》だろう。

「蘇芳様」

その日最後の仕事だった在仏日本大使との会食を終え、帰途に着くべくリムジンに乗り込むなり、

「いつものホテルにやってくれ」

と運転手に行き先を告げるよう指示した蘇芳に、東吾はあからさまな渋面を向けてきた。眼鏡《めがね》の奥の目に非難の色が窺《うかが》える。声にも窘《たしな》める響きが強く出ていた。

ヴィクトルと頻繁に会うようになってから、東吾は明らかに変わった。以前は粛然と蘇芳の言葉に従い、めったに感情を露《あらわ》にしなかったのだが、最近は快不快をはっきり示すようになった。そのほとんどはヴィクトルが絡んだときで、それ以外のときにはいたって冷静だ。よほどヴィクトルが気に入らないらしい。強く警戒しているのが伝わってくる。

「日本との時差の関係で、明朝は六時よりＷＥＢテレビ会議がございます。お早めにお休みいただかないとお体に障ります。今宵はもう十時を過ぎておりますので、どうか、このままご帰宅をお願いいたします」

連日連夜の不摂生を暗に咎《とが》められ、蘇芳はムッとする。

ここ数日のうちに朝帰りを二度した。それ以外にも、仕事の予定が午後からしか入っていない日には、ヴィクトルの部屋から仕事相手との約束の場所に出向くというイレギュラーなまねをしたことすらあった。いずれも東吾にはギリギリまで連絡しておらず、いかに温厚な彼でも怒るのは無理ない状況だった。

悪かったと反省する一方、こういう釘の刺され方をすると癇《かん》に障って素直に聞けず、蘇芳は不機嫌になった。

「六時からの会議は承知している。僕が一度でも遅刻したりすっぽかしたりしたことがあるか。出過ぎた口を利くな。いくらおまえでも許さないぞ」

きつい調子でぴしゃりと言う。

しかし、東吾もいい加減堪忍袋の緒が切れていたのか、すんなりとは退かなかった。

「はい、確かに蘇芳様はこれまで公私を混同されて身勝手なまねをなさったことはありません。それは私も信じております。ですが、明日の会議は、例の、レアアース精錬のための工場建設に関する意見交換会です。環境保全学の専門家にも出席していただくことになっておりますので、前もって資料の読み込みが必要かと存じます。最新の資料は今朝送信されてきたばかりです。今からエレニ氏とお会いになるのでしたら、いつそれをなさいますか」

「黙れ」

蘇芳は東吾の口からヴィクトルの名が出た途端、激昂《げっこう》して一喝していた。

つい先日まではことあるごとに嫌いと言って避けてきたヴィクトルと、今では毎晩のように寝て快楽に身を任せ、骨抜きにされつつあることを、東吾に責められ、蔑《さげす》まれているようで、平静でいられなかった。自覚があるだけに、やはりそんな目で見られているのかと思ったら恥ずかしく、ばつの悪さを怒りでごまかした。

「ここから先は僕のプライベート、おまえの管轄外だ。秘書は秘書の仕事に専念しろ」

「私は、蘇芳様の秘書であり、友人でもあると自認してまいりました。今はもう、違うと仰せでしょうか？」

東吾の言葉には失望とショックが滲《にじ》んでいた。

さすがに蘇芳もここで「そうだ」と肯定はできなかった。実際、東吾は秘書であり、唯一と言ってもいい大切な友人だ。ほかの側近や部下たちと同じではない。信頼を失うことも、呆《あき》れて去られてしまうことも嫌だった。ただ、今は、ヴィクトルに会いたい気持ちをどうしても抑えることができず、どちらかを選べと言われるなら、ヴィクトルをとりたいのが本音で、譲れなかった。決して東吾を軽んじているわけではない。それをどう言葉にすれば伝えられるのか
蘇芳は悩んだ。

「違う」

蘇芳はツッと視線を逸《そ》らし、一言短く口にする。

もっと言わなければならないことがあるのはわかっていたが、面と向かって謝ったり非を認めたりするのは最も苦手とするところだ。東吾もわかっているはずだった。

「……大事な会議です。私などが申し上げるまでもないとは思いますが」

東吾も気持ちを鎮めた様子で、低く静かな声音で言い、メタルフレームの眼鏡のブリッジを軽く指で押し上げた。

「ああ。頑固で強欲な父を曲げさせられるかどうかの正念場だ。首長国側も反対派を抱えて苦慮しているようだから、今さら金で解決するといっても簡単にはすまされない。つくづく頭の痛い問題だ。いっそレアアースなど出てこなければよかったと、採掘の途中でよけいなものを掘り当てた連中を呪いたいくらいだ」

フッと深い溜息をつき、蘇芳は無造作に髪を掻《か》き上げた。東吾との諍《いさか》いは精神的にきつく、ただでさえ一筋縄ではいかない海千山千の強者たちを相手の会食で疲れ切っていたところにそれが加わって、もうどうでもいいと投げやりになりそうな気分だった。

蘇芳の抱えている大きな問題は、このレアアースに関すること以外にも山積みだ。一つ一つを一から十まで把握しているわけではなく、そのつど報告を聞いて、専門家に意見を求めつつ、最終的な判断を下さなければならない。厄介なのは、その前に必ず父親の意向を汲《く》まねばならないことだ。サインをするのは蘇芳でも、決定権は槇村豪三《まきむらごうぞう》にある。いまだかつて蘇芳は父に逆らって自分の考えを優先させたことはない。書類上は可能でも、帝国においてはあり得ないことなのだ。

「蘇芳様」

東吾の顔つきがぐっと優しくなる。

仕事絡みとはいえ、蘇芳に対してきつく意見してしまったことを、言い過ぎたと悔やんでいるようだ。

東吾にそうした態度を見せられると、蘇芳もまた喧嘩腰になった自分に嫌悪を感じだす。東吾が蘇芳の身を気遣い、よかれと思って言ってくれたのはもとより承知だ。

「二時には向こうを出る。それで文句はないだろう」

蘇芳は今日も接待や駆け引きをいくつもこなし、心身共に疲弊していた。

一時間でもいいのでヴィクトルに会って癒して欲しかった。時間がなければセックスはしなくていい。ただ寄り添って他愛のない話をするだけで十分だ。それが明日もまた過酷なスケジュールをこなす活力に今はなっている。ほかでは代わりの利かない特効薬だった。

蘇芳の真摯《しんし》さが通じたのか、東吾は結局折れた。

「畏《かしこ》まりました。それでは、その頃お迎えにあがります」

「資料、少しでも時間があれば目を通しておこう。そこに持っているのなら渡せ」

「いえ、それは……」

「ヴィクトルは鉱物資源関係の投資には手を出してない。門外漢だ。どのみち、現段階で環境保全についての資料を見られたところで、まったく問題はない」

蘇芳は今やヴィクトルを産業スパイだとはちらりとも思っていなかった。

囁《ささや》かれるのは好きという甘い言葉だけだ。色っぽくてゾクゾクする、堪らない、とても綺麗《きれい》だ、などと聞いているだけで赤くなる科白《せりふ》ばかりを繰り返す。自分の仕事の話もしなければ、蘇芳の仕事について触れることもない。どちらかと言えば、不粋だと思って避けているきらいがある。

ヴィクトルには裏など感じない。本気で蘇芳と恋愛がしたいだけなのだ。

いつしか蘇芳はそう信じるようになっていた。

「彼とは、体の相性がいいだけだ」

東吾の手前、蘇芳は事実を少しねじ曲げて言った。

セックスに夢中になっていると告白することはできても、ヴィクトル自身を好きになってしまったと白状するのは躊躇《ためら》われる。

負けを認めるのが悔しかったせいもあるが、東吾には体だけが目当てだと思わせておいたほうが穏便にすませられる気がした。気持ちまで囚われていると知れば東吾はきっと今以上に反対するだろう。二度と会わせないように裏で手を回すくらいのことはしそうだ。そういう工作めいたことにかけては、蘇芳は命じるだけで実務的なことは何も知らない素人だ。だが、東吾は違う。いくらでも裏の世界に伝手《つて》がある。東吾がその気になれば蘇芳は太刀打ちできない。わかっているから、そうした面倒は避けるに限った。

「男同士でなさるのはそんなによろしいですか」

東吾は傍らに置いていた書類鞄《かばん》を開けて厚みのあるファイルを出しながら、そっけなく聞いてくる。言いだしたらきかない蘇芳の頑なさを知っている東吾は、反対しても無駄だと諦《あきら》め、資料を渡すことにしたようだ。わざと感情を押し殺したような口調で、面白くなさそうなのが感じられる。何ごとにも真面目で誠実に取り組む東吾には、蘇芳のしていることがいい加減で軽く映るのだろう。女性たちから誘われるままに、毎晩取っ替え引っ替え誰かとベッドをともにしていた頃も、これと似たやりとりをした気がする。

「ああ。おまえも一度試してみればいい」

蘇芳は東吾を流し見て、わざとはすっぱに、揶揄《やゆ》を込めて返した。

ピクッと東吾の頬《ほお》が引き攣《つ》り、何か言いたそうな目でちらりと見られたが、東吾が口を開かなかったので、蘇芳もそのまま知らん顔をする。

ヴィクトルの逗留《とうりゅう》するホテルに着いた。

蘇芳はファイルを手にリムジンを降り、東吾に背を向けたまま手を振って、さっさと中に入っていく。

頭の中はすでにヴィクトルでいっぱいだった。

溺れている。本当に馬鹿みたいに、滑稽《こっけい》なくらい溺れている。

ときどき自嘲《じちょう》するが、弾む気持ちを抑えることはどうしてもできず、傍から見たら、なにを逆上《のぼ》せあがっているのかと、さぞかし鼻白まれていることだろう。

ヴィクトルは部屋で蘇芳を待っていてくれた。

「お帰り」

よく来た、ではなく、お帰りといつも迎えてくれる。

プルオーバーにスウェット素材のパンツの部屋着姿もすでに見慣れた。

「それは仕事？」

ヴィクトルはファイルを見て珍しそうに聞く。

「引くに引けなくなって持ってきた」

どうせ読む暇などありはしないとわかっていながら、意地を張ってしまった。ヴィクトルとの逢瀬《おうせ》を邪魔されたくなくて、仕事もきっちりこなしているというポーズを作ったのだ。実際には帰宅後に寝ずに読むことになるだろう。

「葵氏《あおい》に何か言われましたか。あなたの忠実で真面目なお目付役の」

ヴィクトルは決して皮肉っているわけではなく、むしろ東吾には一目置いているふうだ。

「私は彼に相当恨まれているのでしょうね」

「関係ない」

蘇芳はきっぱり言ってのけた。

「仕事以外ではどこで誰と何をしようが僕の勝手だ。東吾にも口出しはさせない」

「蘇芳さん」

ヴィクトルに抱き寄せられて、広い胸板に顔を埋める。

ほうっと蘇芳は大きく息を吸い込み、ゆっくりと吐き出した。

温まった肌から立ち上る清潔な石鹸《せっけん》の香りを嗅ぐと、蘇芳は安堵《あんど》して満ち足りた気持ちになる。やっと自分の居場所が見つかったような気がするのだ。もしかすると、毎日でも会いたいと思ってしまうのは、これを確かめたいからなのかもしれない。

「シャワーを浴びますか？」

髪を指に絡めて弄《もてあそ》びつつヴィクトルに聞かれ、蘇芳は頷《うなず》いた。

「すぐにすませてくる。ベッドで待っていてくれ」

「あなたの好きな冷たいシャンパンを用意しておきます」

唇を重ねてキスを交わしつつ、ヴィクトルの手でネクタイを崩された。上着も脱がされる。今夜はあまり時間がない。一分でも一秒でも時間を無駄にしたくなかった。

頭も体も濡《ぬ》らしたままバスローブだけ羽織って寝室に行くと、ヴィクトルが甲斐甲斐《かいがい》しくタオルで髪を包み、丁寧に水気を拭《ぬぐ》い去ってくれた。その間、蘇芳は悠然とシャンパンの入ったグラスを傾けていた。

甘えるのが楽しい。ヴィクトルは蘇芳を思いきり甘やかしてくれる。本来蘇芳は人に頼るのは苦手だが、ヴィクトルにはいくらでも我《わ》が儘《まま》が言えた。ただの我が儘ではなく、愛情を確かめるための我が儘だ。

キスをねだって自分から誘うように唇を薄く開く。

ヴィクトルの舌にもシャンパンの味が残っていた。

搦《から》め捕《と》って荒々しく吸われ、溢《あふ》れてきた唾液《だえき》を啜《すす》られる。

肌を合わせるとあっという間に昂《たかぶ》ってきて、すぐにでも体を繋《つな》いでヴィクトルを感じたい欲求が募る。

ベッドの縁に並んで座り、抱き合ってキスしながら、蘇芳はヴィクトルの股間に手を伸ばした。そこはすでに芯を作って膨らみかけている。手のひらに包み込み、ぎゅっと握って硬さを確かめると、ビクビクと猛々しく脈打ち、さらに張り詰めた。

「……ローション、貸して」

シャンパンを飲んだばかりだが、欲情して喉《のど》の奥が渇いているようで、声が妖《あや》しく掠《かす》れる。

ヴィクトルの腕が枕元に伸ばされ、用意してあったプラスチックボトルを渡される。

蓋《ふた》を開けて中身を手のひらに出し、とろりとした感触のぬめった液をヴィクトルの雄芯《おしん》に擦りつけて濡らしつつ扱いた。

「見かけによらずきみは大胆でいやらしいよね」

「がっかりした？」

情事の合間に睦言《むつごと》を交わすときの口調は最初の頃よりずっと親密さを増している。

「しないよ。その反対だ」

「よかった」

はち切れんばかりに長大になった陰茎から手を放すと、蘇芳はヴィクトルをシーツに仰向《あおむ》けに押し倒した。

跨《また》がって、自分から屹立《きつりつ》の上に腰を落としていく。秘部には手のひらに残ったローションを塗りつけ、指で軽く浅いところだけ解し、濡らしてあった。

手を後ろに回して陰茎を支え、肥大した先端を期待にひくつく窄《すぼ》まりにあてがう。

ズッと待ち兼ねたような貪欲《どんよく》さで亀頭を体に受け入れる。

「……っ、あ……あ」

蘇芳は顎《あご》を仰《の》け反《ぞ》らせて喘《あえ》いだ。

悦びに体が震える。

「気持ちいい?」

「あぁ……っ、いい……」

唇をチラッと舌で舐《な》め、蘇芳は歓喜に満ちた声を出す。

「最初は半分も入らなかったのにね。辛《つら》そうで、痛々しくて、とても最後までできなかった。それが今では自分から欲しがるようになって」

「あなたが、こんなふうに教え込んだんだろう」

「私の腹の上で達して乱れる蘇芳さんが見たかった」

蘇芳の胴にヴィクトルの両手がかかる。

「ヴィクトル……ッ、あ、あぁ、あっ!」

ズン、と下から腰を突き上げられて、蘇芳は嬌声《きょうせい》を放った。

膝《ひざ》が崩れて腰を落としたところを、さらに二度続けて突かれる。

「アアァ!」

内壁をしたたかに擦りながら太くて硬いものを根元まで埋められた。縮れた下生えが尻たぶに当たる。征服された証しだ。

奥まで中を抉《えぐ》られた状態でヴィクトルに跨ったまま縫い止められ、蘇芳は呼吸を荒げた。吐く息が熱い。自重がかかって正常位で貫かれたときより深いところまでヴィクトルのものが当たる。蘇芳はそれを淫《みだ》らに食い絞め、悦楽を求めて腰を揺すって感じてはあえかな声を上げた。

ヴィクトルも蘇芳の顔を見ながら腰を動かし、股間で勃《た》って先端に透明な雫《しずく》を浮かべている陰茎を弄《いじ》ったり、胸の突起を弄ったりしてお互いの性感を高めていく。

ヴィクトルは決して性急にことを終わらせず、時間をかけてゆっくりセックスを愉《たの》しむ。

初めてこの部屋でヴィクトルに抱かれた日からほぼ毎日蘇芳はここに来て、ヴィクトルに身を任せていた。嫌々来ているふうを装ったのは二度目の訪問のときまでだ。

その晩、慎重に手順を踏んで蘇芳の体を徐々に慣らしていったヴィクトルの巧みな性戯で、蘇芳はようやくヴィクトルのものを後孔に収めることができた。辛くて息をするのもやっとで、このまま少しでも動かされたら裂けて死ぬだろうと本気で恐怖した。

むろんヴィクトルはそんな無体を強いることなく、そこからさらに辛抱強く蘇芳の体を慣れさせていき、一晩かけてとうとう緩やかな抜き差しに耐えられるようにしてしまった。痛みではなく快感だけ覚えさせ、もっとしたいと体が欲しがるように仕向けたのだ。

悔しかったが、一度味わわされた快感を蘇芳自身忘れられなかった。体はヴィクトルの愛撫《あいぶ》を嬉々《きき》として受け入れ、貪婪《どんらん》になる一方だ。好きだ、可愛《かわい》い、などと繰り返し囁かれながら法悦にまみれさせられるうち、気持ちまでどんどんヴィクトルに傾いていった。

まんまと嵌《は》められ、堕とされた気がする。

「体位、変えても？」

ヴィクトルは断りを入れて、蘇芳の中を穿《うが》ったまま器用に体を入れ替えた。

今度は蘇芳が仰向けでベッドに横たわり、両足を折り曲げて抱えさせられる形になる。

「このほうが動きやすい」

男の色香を滲《にじ》ませた蠱惑《こわく》的な笑顔を向けられ、蘇芳はギュッと心を摑《つか》まれた。会って体を重ねるたびに惹かれていく。自分が止められない。このまま流されていっていいのかと不安になるが、もはやどうすることもできなかった。

体位を変える際に抜けてしまった部分をズンと勢いよく最奥まで突き戻される。

「ひぃ……っ、あ、あっ」

蘇芳は堪らず喘ぎ、頭を左右に打ち振って悶《もだ》えた。

「すごい吸いつきのよさだ」

「い、やだ。そんな」

猥《みだ》りがわしい囁きにカアッと紅潮する。

「ほら、こうして突くたびに絡んでくる」

抽挿のたびに濡れた音がして、蘇芳は羞恥と快感に泣きながらひっきりなしに身動《みじろ》いでベッドのスプリングを軋ませた。

柔らかく綻《ほころ》んだ秘部の襞《ひだ》がヴィクトルの猛った雄芯を抱き締め、放すまいと引き絞る。

ヴィクトルが気持ちよさそうに呻《うめ》き声を洩らした。色っぽい。表情も恍惚《こうこつ》としていて快感を味わっているのが察せられ、蘇芳はドキッとした。

ヴィクトルの得ている快感と、蘇芳を悩ましく悶えさせている快感がシンクロしているようで、歓喜が湧く。

抜き差しする動きが速くなっていき、動悸《どうき》が激しくなる。

もう何も考えられず、蘇芳は夢中で快感だけを追いかけた。

下腹に挟んで擦り立てられることで蘇芳の陰茎も昂りきっている。

前と後ろの両方に刺激を受け、深く強烈な悦楽に襲われる。

「アアッ、もう、イクッ。イク……ッ！」

はしたない叫びが口を衝く。

頭の中は真っ白になって消し飛び、雷に打たれたかのごとく全身に痺《しび》れが走った。

蘇芳の射精にタイミングを合わせてヴィクトルも達したようだ。腰を深く入れた状態で動きを止め、低く喘いで体を弛緩《しかん》させる。

興奮が治まらない様子で、ヴィクトルは息を荒げたまま蘇芳を抱き竦《すく》め、唇を吸ってきた。

蘇芳からもキスを返す。

達しても離れがたくてキスをしながら互いの体に触れ合う。

好きです、と耳元で熱っぽく告げられ、ついに蘇芳も「僕も好きだ」と言葉にして認める。

初めて素直に口に出せた。お互いこれ以上ないほど昂揚《こうよう》していて、そういうことが自然に言える雰囲気だった。

ヴィクトルは一瞬目を瞠《みは》ったが、すぐに晴れやかな笑顔を見せた。

「嬉《うれ》しいです。夢のようだ」

己の変化に一番戸惑っているのはおそらく蘇芳自身だ。

こんな告白をしている自分は信じがたく、まさに夢のようだった。

情事のあとは毎回二人で一緒に入浴する。

上がるのは蘇芳が先だ。ヴィクトルが洗ってくれるので、蘇芳は指一本動かさなくていい。

ヴィクトルはそのあとシャワーを浴びて出てくる。

ほんの七、八分遅いだけだが、部屋で一人待つ時間は実際より長く感じられる。ほかにすることもなく手持ち無沙汰《ぶさた》だったので、蘇芳は東吾から受け取ったファイルを開き、目を通し始めた。どのみち今晩中に読まなくてはいけない資料だ。

読みだすと集中してしまい、時間を忘れていた。

「熱心だね」

声をかけられて顔を上げると、ヴィクトルがタオルで髪を拭《ふ》きながら近づいてくるのが目に入る。

肘《ひじ》掛けの付いた椅子《いす》に座った蘇芳の背後に回り、肩に手を載せて膝の上に広げたファイルを覗《のぞ》き込んできた。反射的にファイルを閉じなければと思ったが、すぐさま、これはただの環境保全に関する客観的な報告書で、見られてもべつに問題はないと考え直す。

「明日、早朝会議がある。会議というより意見交換会だな。その参考資料だ」

隠さず答え、肩にかけられたヴィクトルの手に手を重ねる。

ベッドを離れてしまえばいつもの横柄な言葉遣いに戻るが、以前に比べると甘さを帯びている気がして、蘇芳自身面映《おもは》ゆい。

「今晩はもう帰ってしまうつもりですか？」

「二時に迎えがくる」

蘇芳はあえてそっけなく言った。未練を振り切るためだ。自分自身に言い聞かせたようなものだった。

「まだ離したくないな」

蘇芳の気も知らないで、ヴィクトルは背後から腕を回してきて、バスローブの上から胸を撫で回す。そのうち一方の手を襟から忍ばせ、石鹸の香りが立ち上る肌に直《じか》に触れだした。もう一方の手は喉を辿《たど》って顎《あご》を擡《もた》げ、仰向かせた顔にキスの雨を降らせてくる。首筋に指を滑らせながら、額や瞼《まぶた》、鼻頭、頬と至る所に唇を落としてきた。

焦らすように避けられていた唇にもようやく触れられる。啄《ついば》まれて、舌先を戯れるように閃かせて擽《くすぐ》り合い、キスを愉しむ。

キスを続けながらヴィクトルは硬くなった乳首に掠めるように触れてきた。爪の先や指の腹を軽く当てられただけで腰の奥がはしたなく疼きだす。つい今し方まで太くて硬いものでしたたかに擦られていたそこには、まだ何かが挟まっているような淫猥《いんわい》な感覚があり、僅《わず》かな刺激にも性感が高まった。

「だめ、だめだ」

蘇芳はヴィクトルを押しのけようと身動いで、ますますローブの胸元を崩して素肌を晒《さら》すはめになる。もとより本気の抵抗ではない。尖《とが》った乳首を両手の指で摘んで嬲《なぶ》られ、艶《なま》めかしい声が口を衝く。

「あなたのだめはもっとと同義ですよね」

「違う、そんな」

「本当に？」

ヴィクトルは揶揄するように笑うと、蘇芳の体から手を離し、前に回ってきた。

「……ヴィクトル」

唐突にキスも愛撫もやめられて、蘇芳は恨みがましい目でヴィクトルを睨《にら》んだ。

「歯止めがなくなります。我慢しますよ」

ヴィクトルは涼しい顔で言う。本当に我慢させられるのは蘇芳のほうだ。ヴィクトルは狡《ずる》い。欲情に火をつけておきながら、蘇芳の身を案じるふりをしてせつない思いを味わわせる。

「ソファに移りませんか」

促されて、蘇芳はツンとした顔で乱れた襟《えり》を直すと、ファイルをセンターテーブルに載せて立ち上がった。

「それはもう読まなくていいんですか？」

「ああ」

蘇芳はヴィクトルと並んでソファに座り、背凭《せもた》れに上体を預けて足を組む。

体をぴったりと密着させて隣に腰を下ろしたヴィクトルが、蘇芳の頭を抱き寄せた。

「相変わらず仕事三昧《ざんまい》のようですね」

「ときどき、今何をしているのかわからなくなるときがある」

蘇芳は正直に吐露した。

ビジネスのことになると、ヴィクトルの前では虚勢を張らなくなっていた。そこにはヴィクトルとの間に利害関係が存在しないため、素直に話を聞いてほしいと思えるのだ。もっとも、これまでそうした話が二人の間で出たことはない。今夜にしても、おそらく蘇芳が持ち込んだファイルさえなかったなら、こんな流れにならなかったはずだ。

「あなたは忙しすぎるんですよ」

蘇芳の髪を長い指で優しく掻き交ぜながらヴィクトルが言う。こめかみの生え際を梳《す》き上げられる心地よさに蘇芳はうっとりと身を任せた。

情事のあとの甘い時間が蘇芳は特に好きだ。

ヴィクトルへの愛情と信頼は日を増すにつれ膨らんでいく。セックスだけが目的でこうしているのではないと思えて、ヴィクトルの誠実さを疑わなくなっていた。

「一度思い切って纏《まと》まった時間をとり、休養してみませんか」

「無理だ。仕事のほうが僕を追いかけてくる。こうやっておまえと会う時間でさえどうにか捻《ねん》出《しゅっ》しているくらいだ」

「そうですね、あなたは帝国のプリンスですから、大変なお立場にあることは重々承知しています。あなたは今の段階ですでにグループ企業の七割の実権を握っておいでだと聞きます。そのお歳で、各社のトップや重役たちを押さえて、よく務めていらっしゃると感心しますよ」

「僕はただの人形だ」

蘇芳は自嘲気味に吐き捨てた。

「実権なんて、実際は何も握ってない」

「そうでしょうか。実権は実権ですよ。あなたはただ、お父様に少し遠慮されているだけなのではありませんか。私にはそう見えます」

「……そんなふうに言われたのは初めてだ」

少なからず虚を衝かれて、蘇芳はしばらく思考を止めていた。

考えてみれば、今まで父親の力に影響されていない相手と話をする機会がなかったことに気づく。ヴィクトルのような第三者的立場の人間でなければ、なかなか口にしづらい言葉だ。

「あなたにはあなたのお考えがあって、それが正しいとご自分で確信されるなら、ご自身の権限で采配を振ってもよいのではありませんか」

もちろんヴィクトルは広義の意味で言ったのだろう。

だが、蘇芳には、まるで今自分が頭を悩ませている問題を解決する道筋を一つ示唆《しさ》されたように受け取れて、ハッとした。

「蘇芳さん？」

返事をするのも忘れてじっと考え込んでいた蘇芳に、ヴィクトルが訝《いぶか》しげに顔を覗《のぞ》き込む。

「大丈夫ですか？」

「なんでもない」

ヴィクトルの言葉に被せるように言ってから、蘇芳は再び口を閉ざした。

どれほど自分に意見があっても、それが父の意向に反するときには、争ったり説得を試みたりすることなく引き下がり、父が気にいるような結果を導き出すよう相手方との交渉に努めてきた。

そうすることでしか父にも周囲にも認められないと思っていたからだ。

父も蘇芳が従順な傀儡《かいらい》であると信じたからこそ、病床に伏してすぐ、槇村グループ内の企業の七割近くを蘇芳の権限で動かせるようにした。そうして次期総帥の座は己の血族が継ぐことを内外に渡って知らしめ、自分の身に万一があったとき骨肉の争いにならないよう幹部らを牽《けん》制《せい》したのだ。まだ若い蘇芳の地位を確立させ、安定させるという目的もあっただろうが、それはおまけのようなものだ。病気の人間がグループのトップでは、将来を危ぶみ、契約を控える企業も当然出てくる。トップが代われば体制に変化があるやもしれず、二の足を踏まれかねない。息子なら自分を裏切らないと確信した上での、苦肉の策の権限譲渡だ。

だから、父は常に蘇芳を軽んじている。半人前扱いし、意見など述べようものなら十年早いと激怒する。頭ではなく体だけを使え、おまえは単なる手足だ、と言う。

これまで不満や悔しさは感じつつも、正式に後を継ぐまでは口を噤《つぐ》んで操り人形に徹するしかないのだろうと思っていただけに、ヴィクトルの言葉は驚きであり、待ち望んでいた後押しでもあった。

誰一人として蘇芳に言わなかった言葉を、ヴィクトルが初めて言ったのだ。

ずっと意識的に閉じてきた目を開かれた心地がした。

同時に、ふと、東京《とうきょう》タワーの展望室で話したことが脳裡《のうり》を過《よぎ》る。

蘇芳は胸の内に溜め込んできた鬱屈《うっくつ》をこの際吐き出してしまいたい衝動に駆られた。

とりあえず聞いてくれるだけでいい。もし何か意見があるなら聞かせてもらいたい。父の方針に賛成できないまま、従うふりをして突破口を探そうと足掻《あが》いている最中の蘇芳には、背中を押してくれる人かきっかけが必要だった。

「今から独り言を喋《しゃべ》っていいか」

蘇芳はヴィクトルに体を凭せ掛けたまま、そう前置きして話しだす。

ヴィクトルは蘇芳の手を取り、促すように握り締めた。

「北アフリカの地中海に面した場所に、ブーゲディール首長国という小さいが財力を持った国がある。フランスやイタリアに近いこともあって、ヨーロッパ文化の影響をかなり受けた立憲君主制国家だ。農業も盛んだが、なにより地下に豊富な鉱物資源を持っていて、積極的に国外から企業を誘致し、採掘を任せている。槇村グループの中心企業の一つ槇村商事も、ブーゲディール政府と話し合ってウランを採掘することになり、プラントを建設する会社を新たに設立した。プラント建設は順調に進み、昨年春から採掘を始めたんだが、調査の結果、思いがけない事実が明らかになった」

採掘したウランの中に希少金属、すなわちレアアースが含まれていることがわかったのだ。

携帯電話やパソコン、液晶テレビなどといった最新技術を駆使した電化製品に欠かせない金属で、主要産出国である中国が突然輸出規制を行うと言い出して産業界に激震を走らせたのも記憶に新しい。

「どうにかしてレアアースを確保するか、もしくはレアアースの代わりになる製品を開発するかしなければならなくなった日本にとってこれはまたとない吉報だ。日本では今のところレアアースの輸入に関しては私企業任せで、国としての対策はとっていない。槇村としてはまたとないビジネスチャンスだ。当時はまだ元気だった父が直接ブーゲディール政府と交渉に当たり、レアアースを精錬するための工場を造ることになった」

　ヴィクトルは黙って聞いている。

　ここまで話せばおおよその見当はついているのではないかと思うのだが、顔色一つ変えず、何を考えているのか悟らせない。蘇芳の話に耳を傾けていることだけは雰囲気でわかった。

「ブーゲディール政府は最初、環境問題に関してはうるさく言ってこなかった。ところが、いざ工場建設計画が具体的になってみると、住民側から猛烈な反対運動が起き、政府内で意見が割れて対応が二分化した。短気な槇村総帥は当然激怒だ。いったんは許可を出しておきながら態度を保留にした政府の連中を相手にごり押ししようとしていたところ、突然病に倒れ、あとの交渉を僕が引き継ぐはめになった」

　蘇芳は苦々しげに言い、ヴィクトルの膝に置いた手をすっと股間の方へ動かした。

　バスローブの上から膨らみを確かめる。

　さすがにこんな話をしている最中は昂る気配もなく、性器は縮んだままだ。

　それもまた愛しくて悪戯《いたずら》心が芽生え、そっと手で揉みしだく。

　ヴィクトルは蘇芳のするに任せ、嫌がる素振りも困った様子も見せない。落ち着き払って蘇芳の髪を撫で続ける。

「僕は正直、父の強引なやり方には常日頃から疑問を感じている。レアアースを精錬する過程で多くの廃棄物が出ることは周知の事実だ。採掘の際にも土壌流出や採掘汚染といった問題があって環境を破壊する可能性がある。それらを無視して利潤だけ追求するようなまねは、したくない。さっさと金で片づけろ、と父には再三再四叱責《しっせき》され、急かされているが、今回ばかりは僕もすんなり頷けず、個人的に水面下で穏便な解決策を模索している。環境保全に留意した工場建設案を再度提出して反対派を納得させた上でなら、事業を進められるのではないかと思った。厄介だが仕方がない。僕も後味の悪い思いはなるべくしたくない。環境問題にはもともと関心があるので特にだ」

「よいお心がけだと思います」

この話をし始めて初めてヴィクトルが口を開いた。

独り言だ、と建前上断りはしたものの、ヴィクトルがどう感じるか知りたかった蘇芳は嬉しかった。

「こうした事案を金銭で片づけようとするのは感心しません。それが槇村の総帥のやり方なのだとしたら、正直失望します」

「槇村の悪しき体質の一つだ」

蘇芳は苦々しく言い捨てる。

「曾祖父が興した明治創業の会社がグループの基盤となっているから、いまだに旧態依然とした考え方がまかり通っている部分がある。政府との癒着もそうだ。国内だけに限った事じゃない。便宜を図ってもらうためなら湯水のように金を使う。そこに罪悪感など抱かない」

前から抱いていた不満を、ヴィクトルに水を向けられたことで、つい迸《ほとばし》らせてしまった。

一瞬口を滑らせたかと後悔しかけたものの、ヴィクトルが相手ならばまぁいいだろうと考え直し、警戒心を緩めた。

「では、この採掘の件に関しても？」

「たぶんな。もともと父が始めた事業だから詳しいことは知らないが、誘致の段階で政府関係者に金銭が渡っていたとしても不思議はない」

「まぁ……ありそうな話ではありますね」

ヴィクトルも理想と現実は違うのだということは承知しているらしく、青臭い正義を振りかざそうとはしなかった。

「私もレアアース問題についてはざっと勉強しました。特に環境汚染に関することを中心に。まぁ、私の場合は広く浅くで、中学生でも知っている程度の知識しかありませんが」

「環境問題に対する企業の努力度や目標指数などを投資する際に考慮するのか？」

「重要な要素の一つですからね。自分自身以前から関心を持っていましたし。実は私、今年三月にパーティー会場で蘇芳さんを初めてお見かけしたあと、七月にも環境保全に関するシンポジウムに出席されているのを見たんです。蘇芳さんのことはずっと心に残っていたので、すぐに気がつきました。一目惚《ぼ》れが再燃して自分を抑えきれなくなったきっかけは実を言うとそれなんです」

「ああ、なんだ、そうだったのか」

半年も経ってなぜ会いに来たのか、という疑惑が薄らいだ。

春から夏にかけては環境問題をテーマにしたさまざまな集まりに顔を出していた。七月と言われても咄嗟《とっさ》にどの会合のことか思い出せないが、そのときにも同じ場所にいたのだとすると縁を感じる。場所によっては発言や質問をしたこともあったので、それを見聞きされていたのかと思うと面映ゆくもある。

「その水面下の模索というのが、あの資料なのですね」

ヴィクトルに話を戻して聞かれ、蘇芳は頷いた。

「まずは幹部連中に、僕の立案が無謀ではないこと、長い目で見れば様々な点でメリットが見出せることをわからせる」

そのための、専門家を招いての会議だ。この件についての話し合いは、勉強会や意見交換会を経て、今度で三回目になる。

「苛立《いらだ》つ父をあの手この手で躱《かわ》しながら結論を引き延ばしてきたが、そろそろ限界だ。明日の会議で幹部連中を納得させ、新方針を打ち立てて父に提示する」

「それより、直接ブーゲディール政府と話をすればよいのではありませんか」

思いがけない発言がなされ、蘇芳は意表を衝かれた心地で、えっと眉根《まゆね》を寄せる。

「なんだって？」

大変な提案をされた気がして、蘇芳はヴィクトルに凭れさせていた体を起こし、顔を見た。

ヴィクトルはいたって真面目な、穏やかで冷静な表情をしている。

「先ほども言いましたが、蘇芳さんはお父上の顔色ばかり窺ってご自分の行動を自ら制限する必要はないと思うのですが。世間的に見れば、今や槇村の権限の大半を掌中に収めているのは蘇芳さんです。ブーゲディール政府も蘇芳さんを交渉のテーブルに着く代表者だと認識しているのではありませんか」

「それはそうかもしれないが、僕には無理だ。父の了承を得ぬまま勝手に先方と交渉を進めるなど、槇村においてはあり得ない話だからな」

想像するだけで不穏な気持ちに襲われ、鳥肌が立つ。

「父の目の黒いうちは僕にはなんの力もない。もともと父は僕があまりお気に召していないんだ。裏切ったりすれば、どんな報復を受けるかわからない。やくざより始末が悪いし、容赦がないのを、僕は見てきた」

「蘇芳さん。震えてますよ。本気で怖れているんですか、実のお父上を？」

「……ああ」

か細く返事をした途端、ヴィクトルに渾身《こんしん》の力で抱き締められた。

息もできないほど強く抱擁される。

心臓の鼓動がはっきりと伝わってきた。ドクドクと激しく鳴っている。自分よりヴィクトルのほうがよほど感情を乱しているようだ。

「それでも、あなたはこのままではいられないと思いますよ。あなたの中に少しずつ溜まっていた鬱屈《うっくつ》が出口を求めてもがいている気がしてなりません」

「ヴィクトル」

逞《たくま》しい胸板に抱き込まれ、ヴィクトルの体温と匂いに包まれていると、体から強張《こわば》りが取れていく。恐ろしさや不安も徐々に薄れていき、すべてを失ってもヴィクトルさえ傍にいてくれたらいいと思えてくる。

「私もあなたのなさろうとしていることは正しいと思います。蘇芳さんはもっとご自身に自信をお持ちになられていいですよ。普段はいくらでも高飛車になれる方ではありませんか。あなたにはそれが似合っていらっしゃいます」

「からかっているのか」

本来はムッとするところだが、蘇芳は怒る気になれなかった。

「そういうあなたが好きです。あなたにはいつでも堂々として、威張っていてほしい」

「おまえは結構口が悪い」

蘇芳はくぐもった声で言うと、ヴィクトルの胸板からゆっくり顔を上げた。

乱れた髪を無造作に撫でつける。

その手首をヴィクトルに摑まれた。

「細い腕だ」

指を絡ませ、気遣わしげに呟《つぶや》く。

「放せ」

名残惜しかったが蘇芳はチェストに置かれた時計を見てヴィクトルの手を振り解いた。

「帰る」

すっくと立ち上がった蘇芳を追いかけるようにヴィクトルもソファから腰を浮かす。

「蘇芳さん、先ほどの話ですが……」

「早朝会議の結果次第では僕も覚悟を決める。秘密裏に政府と話し合う。父の耳に入るまでに交渉を纏めればいいんだろう」

きっぱりと口に出して言うことで僅かばかり残っていた迷いが霧散した。

いつまでも父親の人形ではいられない。いたくない。その思いをヴィクトルにずばりと指摘され、枷《かせ》を外された心地がする。

蘇芳はソファに座り直したヴィクトルに流し目をくれると、

「おまえが僕を焚きつけたんだ。責任、とれよ」

と、まんざら冗談でもなく言い、ふわりと笑ってみせた。

今まで味わったことがない爽快《そうかい》な気分で、着替えをするためにバスルームの横にあるウォークインクローゼットに向かう。

ヴィクトルの姿は背後にあって、彼がどんな表情をしているのか、残念ながら蘇芳には見ることができなかった。


専門家による的確な説明と助言を受け、蘇芳は会議の席上で、レアアース精錬工場建設に際して環境保全に努めた設計計画見直しをすることを提案し、協議を重ねた末、最後は自案を押し通した。

もともと蘇芳の意見は絶対だ。蘇芳の言葉は槇村豪三の言葉であり、それを疑う者はいない。蘇芳と豪三の関係性を知っている幹部たちは、蘇芳が造反するとは思いもよらぬようで、今回の方針変更も当然豪三の意向を踏まえてのものだと信じた様子だ。

ＷＥＢテレビ会議を終えるなり蘇芳は東吾にブーゲディィール首長国政府の担当者と連絡をとるよう命じた。

「できるだけ早めにアポイントメントをとってくれ」

「かしこまりました」

東吾は蘇芳が大胆な決意をしたことについて何も触れないが、少なくとも反対する気はないようだった。東吾も政府高官を金で黙らせ、環境を汚染するとわかっている工場建設を当初の計画のまま進めることに違和感を覚えていたらしい。

それはそれとして受けたあと、東吾はいくぶん表情を緊迫させて言う。

「一つお耳に入れておきたいことがございます」

「なんだ」

蘇芳はなんの話か皆目見当もつかずに先を促した。

「ドリィコープ社の会長が先週ブーゲディィールにいたそうです。どうも政府関係者と会って密談したようです」

「ドリィコープ？　アメリカの採掘会社のか？」

「はい」

東吾は神妙に答える。

蘇芳はつっと眉根を寄せた。

ドリィコープ社は中国国外に最も多くのレアアース鉱床を保有する会社として知られている。そこの会長がこの時期にブーゲディールを訪れ、不穏な動きを見せていたというのは聞き捨てならない。

「相手方は誰だったんだ？」

「野党代表のサヘル氏と、ほかに党所属の議員が二名いたそうです」

「今回の一件でうちを撤退させようと目論《もくろ》んでいる男だな」

ますます眉間に皺《しわ》が寄る。サヘルには一度会ったことがあるが、下品で狡猾《こうかつ》そうな、不快な人物だった。与党を目の敵にしており、少しでも落ち度があれば議会で徹底して追及することで知られている。賛同者も多いが敵も作りやすいタイプの政治家だ。現在も王制を敷いているブーゲディールにおいて労働者階級の出身というのが彼の誇りであり、社会に対する怒りの源でもあるようだ。蘇芳などは、サヘルが一番忌み嫌う立場の人間なのだろう。慇懃《いんぎん》無礼もいいところの応対をされ、不愉快きわまりなかった。

ドリィコープ社の会長と野党代表のサヘル。嫌な組み合わせだ。

「とにかく、産業経済大臣のガムーディ氏に至急面会を求めるんだ。一刻も早く採掘を再開できるよう全力で取り計らってもらう」

それが槇村豪三を納得させる唯一の方法でもあった。

しばらくは仕事優先だ、と蘇芳は胸に刻む。

ヴィクトルも異を唱えることなく、懸案事項が片づくまでは会えなくても我慢する、と言ってくれた。いちおうまだしばらくはパリに滞在する予定らしかった。

「ニューヨークに戻る前にもう一度会ってくれるか」

珍しく蘇芳は素直に言えた。電話だったので勇気を出せたのかもしれない。

『もちろんです。きっと会いましょう、蘇芳さん』

ヴィクトルの声は今まで聞いたどの言葉より甘く優しく耳朶《じだ》を打った。

電話を切ったあとも頭に染みついて離れず、思い出すたびに頬が緩む。心臓がトクン、トクンと忙しなく鼓動して、体が熱を帯びる。

殊勝な決意とは裏腹に、すぐにでもヴィクトルのいるホテルに飛んでいきたくなったが、ぐっと堪えた。

「蘇芳様！」

ノックと同時に東吾が書斎に入ってくる。

めったにない不調法さに蘇芳は眉を顰《ひそ》めた。

「何事だ」

ヴィクトルのことを考えて顔を崩していたところを見られたのではないかと思うと、恥ずかしさのあまり声が尖った。

「申し訳ございません。つい、慌ててしまいました」

東吾は頭を下げて詫《わ》びてから、神妙な顔つきで知らせた。

「豪三様のご容態が一時悪化したそうです。ショック症状が出て意識不明になられたようですが、主治医がすぐに適切な処置を施し、今はまた持ち直していらっしゃるとのことでした。念のため蘇芳様にご報告するようにと」

「まさか、危ないのか？」

どんなに相容《あいい》れない仲であっても、父親は父親だ。万一父が死ねば蘇芳は親も兄弟もない孤独の身になる。父方の親類とはもともと疎遠で、母方とは離婚を機に無関係になっている。東吾だけが唯一付き合いのある従兄《いとこ》だ。

ビジネスの観点からも、今逝かれては困る、という切実な気持ちがあった。まだ蘇芳は半人前もいいところの若造だ。父親の影が背後にあるからこそ各界の重鎮たちに一目置いてもらっているが、魑魅魍魎《ちみもうりょう》が跋扈《ばっこ》する熾烈《しれつ》なビジネス界を一人で渡っていくには経験が足りなさすぎる。時期尚早だ。

「いえ、主治医の話ではそこまで緊迫した状態にはなってないようです。ただ、急変する可能性はありますので、予断を許さない状況であることには変わりはないかと」

「一流の医療スタッフがついているんだ。みすみす死なせはしないだろう」

蘇芳は希望を込めて言い、椅子を回して窓の外に視線を転じた。

「今日は一日降るようだな」

誰に聞かせるともなく呟く。

秋冬の雨のパリは蘇芳の目には憂鬱に映る。普段はしっとりとして優雅でお洒落《しゃれ》な街並みが、灰色に燻《くすぶ》って陰気な印象を強める気がするのだ。

「蘇芳様、本日は……」

「心配するな」

東吾に最後まで言わせず、蘇芳はぴしゃりと遮った。

「当分会うつもりはない」

東吾が意外そうに蘇芳を見つめる気配が伝わってくる。

十日の間、どうしても抜けられなかった日を除いて足繁くヴィクトルに会いに行っていた蘇芳にやきもきさせられていた東吾としては、にわかには信じがたいだろう。

「その代わり、レアアースの一件に片がついたら、纏まった休みを取らせろよ」

そう言い足すと、東吾はフッと苦笑を洩らし、

「努力はしてみます」

と、意地悪なのか単に言葉のとおりなのか、安請け合いせず慎重に答えた。

＊

ブーゲディール首長国の産業経済大臣イブン・ガムーディが収賄《しゅうわい》と脱税の容疑をかけられ、一時間後にも逮捕されるようだ、との速報を受けたのは、東吾に会見の約束をとれと命じた二日後の朝方のことだ。

朝食のテーブルについていた蘇芳は、突然の事態に驚き、あやうくカフェオレボールをひっくり返すところだった。

ダイニングルームに駆け込むようにして報告に来た東吾も顔面蒼白《そうはく》で、やはり寝耳に水だったのが察せられる。

「だから一昨日も昨日も連絡がつかなかったのか」

検察の動きを摑み、早晩逮捕状が請求されると知った時点から、ガムーディは慌てふためき、なんとか回避しようと必死になって奔走していたのだろう。

「証拠は挙がっているのか?」

「そのようです」

「父……いや、総帥も、誘致の際にガムーディに袖の下を贈ったのか?」

「おそらく」

なんということだ。あって当然のことだと覚悟してはいたが、よりにもよってこのタイミングで露見の可能性が生じるとは最悪だ。蘇芳は愕然《がくぜん》として、舌打ち一つできなかった。

「まずいな。明るみに出たらうちもイメージダウンだ。ますます工場建設反対派の連中を増長させるぞ」

ここに来てこの展開は予想だにしなかった。

まるで誰かに謀《はか》られたかのようだ。

蘇芳は極度に苛立ったときにする癖で、親指の爪を嚙んだ。

「ガムーディが失脚したら、次の大臣は誰だ。いや、それ以前に首相の任命責任が問われるぞ」

「へたをすれば解散です。そして、世論の情勢からして、選挙をすれば今の与党が再び政権をとれるかどうかはかなり微妙だと思われます。現首相の人気はここ数ヶ月の間に右肩下がり、与党に対する不信感も膨らんでいます」

ブーゲディール政府は二党制だ。

「次はいよいよサヘルの出番というわけか」

蘇芳はギュッと唇を噛む。

「工場建設反対派を裏で煽動《せんどう》していると噂《うわさ》のサヘルが相手では、交渉は難航するぞ」

とんだ見込み違いだ。

食事どころではなくなり、蘇芳は膝に掛けていたナプキンを無造作にたたむと、テーブルを離れた。壁際に控えていた執事が心配そうに蘇芳を見送る。

「とりあえずすぐに現地に飛ぶ。プライベートジェットの準備をさせておけ。それと在仏ブーゲディール大使館に連絡して大使にアポをとれ」

「はい、直ちに」

東吾が廊下を足早に歩きながら携帯電話を操作するのを尻目に、蘇芳は階段を駆け下りて玄関ホールに出た。

「車を回させろ」

階下にいたパリ邸で雇われているスタッフの若者がすぐに運転手に蘇芳の指示を伝える。

その間に第二秘書の女性がスーツの上着を持参して、蘇芳に着せかけた。三つ揃《ぞろ》いの完璧な姿になる。

「蘇芳様、大使は一時間後にならお会いになれるそうです」

「それでいい。飛行機の準備が出来次第ブーゲディールに飛ぶぞ。その間に大使と会って、入国その他の便宜を図ってくれるよう要請する」

蘇芳は一刻たりと迷わず、次から次に打てる手を打った。

まだ失敗したわけではない、どうにかできるはずだ。そう信じて最善を尽くす。

大使とは以前に二度ほど会ったことがあり、会見はスムーズだった。

ガムーディ逮捕の一件はすでにこちらにも届いていて、職員たちの間にも広まっているようだ。大使館全体がなんとなくざわついた雰囲気に包まれ、大使も困惑していた。

「つかぬことを伺いますが、大使はドリィコープ社について何かご存じですか？」

以前から引っかかっていたことを蘇芳は大使にぶつけてみた。

大使の顔色が変わる。バツの悪そうな様子で、いかにも気まずげだ。明らかに何か知っているようだったが、自分の口からは言いづらいのか、頑なに知らないと首を振る。

埒《らち》が明きそうにないので諦《あきら》めた。

大使館を出たその足で空港に向かう。

リムジンの中でも蘇芳はずっと思案し続けていた。

「まさか、ブーゲディール政府は我々を切り捨てるつもりではなかろうな」

つい洩らしてしまった言葉に東吾がピクリと頬肉を引き攣らせて反応する。

蘇芳はギリッと奥歯を噛み締めた。

国民性や文化の違い等から、海外での取り引きではしばしば予想もつかない問題が持ち上がることがある。槇村グループ傘下のゼネコンがアラブの王族に依頼されてリゾートホテルの建設を引き受けたときもそうだった。設計図になかった建物をあとから「ついでにこんなふうにできないのか」と相談されて追加で建てたところ、「ついでで頼んだのだから追加料金は払わない」と言い出され、結局こちらが費用を被ることになった事例がある。国内ならば裁判で争うことも可能だが、国際裁判は複雑な上に審議に時間がかかる。公判を維持するだけで莫大な費用がかかってしまうため、泣き寝入りするしかないのだ。

今度の一件もそうしたこちら側の常識が通用しない展開になりつつある気がしてならない。

いや、もうすでになっているのではないか。

プライベートジェットは蘇芳たちが乗り込むと同時に飛び立ったが、二時間半のフライトの間中、蘇芳は落ち着けなかった。

フランスとブーゲディールには時差がない。経度がほぼ同じなのだ。

しかし、風景はまったく違う。

空港からハイヤーでブーゲディールの首都ハイルディーンの市街地を走ったとき、蘇芳の印象に強く残ったのは、澄み切った青空と白壁の建物のある風景だった。富裕な国らしく、立派な建物が多く、道路もよく整備されている。高台に広大な敷地をとって建てられた国王の宮殿は高い塀に囲まれていて屋根や尖塔《せんとう》の一部しか見えなかったが、さぞかし壮麗なのだろう。

「レアアースの採掘に関わることがなかったら、きっと僕はアフリカ大陸の北端にこんな首長国があるなど一生知らなかっただろう」

「私もです」

東吾も蘇芳同様、ブーゲディールを訪れるのは初めてだ。

父から交渉を引き継いで以来、一度は現地を見なければと思いつつ、なかなか時間がとれずに実現しなかった。蘇芳が抱える仕事の量は膨大で、常に緊急性の高い事案から処理しているため、ここには東吾が配下の人間を送り込み、報告だけさせていた。

もし、あとから無理やり入り込んできた他社に出し抜かれるような事態になりかけているのだとすれば、そもそもそれが悪かったのかもしれない。

すでに八方塞がりになっている感はあるが、蘇芳は諦めていなかった。

今まで槇村を利用しておきながら政府は掌を返すつもりかと思うと憤りも湧く。大使の態度を見る限り、その可能性は大いにありそうだった。

「副大臣とは連絡が取れたか？」

「申し訳ありません、まだです」

「避けられているな」

それなりに交渉の修羅場を潜り抜けてきた蘇芳の勘が働く。

こうなったら強硬手段だ。議員会館に押しかけ、受付で直接面会を求めて粘る。何時間でも居座ってやる、と怒りに任せて決意する。

議員会館の慌てふためきぶり、騒然とした雰囲気は、在仏大使館の比ではなかった。

あちこちで人が右往左往し、カメラを抱えたメディア関係者が中継をしており、職員たちは揃って不安そうな顔をしていた。

受付にも人がたかっていて、用件を告げるまでにも時間がかかる。

得てしてこんなふうだろうと覚悟してきたので蘇芳は焦らなかった。

予想外だったのは、受付嬢に告げられた副大臣からの伝言だ。

「王宮の近くにバルク・ベイというホテルがございます。そちらにメバザという名前で部屋をとってあるそうですので、そちらでお待ちくださいとのことです。大変申し訳ないのですが、何時に行けるかは今のところ不明で、その点はご承知置きいただきたいと申しております」

待たされるにしてもホテルの部屋ならありがたい。問題は副大臣が本当に来るつもりかどうかだが、それは今ここで受付嬢を相手に絡んでも仕方がない。

蘇芳は言われたとおりホテルに移動した。

バルク・ベイ・ホテルは国内屈指の名門高級ホテルで、建物自体は古いが、よく手入れの行き届いた、趣のある場所だ。スタッフも口が堅そうなプロフェッショナル揃いで、国賓クラスが頻繁に利用するというのも頷ける。

ロビーラウンジは混雑していながらも優雅で格式の高さを感じさせる雰囲気に満ちていた。

東吾がフロントでメバザの名を出して部屋の確認をしている間、蘇芳は見るとはなしにラウンジを行き来する客たちを眺めていた。

ラフな服装の観光客に交じって、ピシッとしたスーツ姿のビジネスマンを多く見る。奥にあるサロンふうのティーラウンジでは華やかに着飾った婦人たちがアフタヌーンティーを愉しむ様子も見受けられた。

ふと、蘇芳の視線が左手に伸びた通路から現れた人物の上で留まる。

「ヴィクトル……？」

まさかと目を凝らす。

パリにいるはずのヴィクトルをアフリカ北部の小さな首長国のホテルで見かけるはずがない。

即座に蘇芳は見間違いだと思い直した。かなり距離があったし、隣に別の男性が並ぶことで体の大半が隠れており、頭半分抜きん出た横顔をちらりと見ただけなのだ。

二人はそのあと身の丈ほどもある観葉植物の鉢の陰になった。次に見えたときにはこちらに背中を向けており、そのままティーラウンジに入っていった。もう一度その人物の顔を確かめることは叶わなかった。

「蘇芳様、お待たせしました」

フロントで鍵を受け取った東吾が蘇芳の傍らに来る。

「どうかなさいましたか?」

東吾は蘇芳の腑《ふ》に落ちない顰めっ面を見て、何かあったのかと心配した。

「いや、なんでもない」

気になってはいたが、蘇芳は東吾を従えて踵《きびす》を返すと、エレベータで客室フロアに上がった。

頭の中は靄《もや》がかかったようにすっきりしなかった。

疑惑が渦を巻いている。

どこを向いても罠《わな》だらけで進みようのない迷路に迷い込んだ心地だ。

その中で、危険信号だけが苛立たしく点滅を繰り返しているようだった。

セミスイートタイプの部屋に入っても、どうにも落ち着けない。

とりあえずソファに腰掛けはしたものの、じっとしていられずすぐに立って窓辺に行った。

広々としたテラスが付いていて、外に出ると目の前に王宮が臨めた。

白亜の大宮殿だ。半世紀ほど前に立憲君主制に変わったが、それまでは首長である国王が絶対的な権力を誇っており、大宮殿はその富と権威の象徴だったのだ。現国王は国民の間でも人気が高く、今でも国王や王族の影響力は大きいという。

左右完全対称の美麗かつ威風堂々とした大宮殿を含む眺望は素晴らしかったが、今の蘇芳には景色に心を和《なご》ませたり感動したりする余裕はやはりなかった。

五分も経たずに室内に戻る。

「お茶でも差し上げましょうか？」

「いらない」

時間が経つのが遅い。

待っても待っても誰からも連絡は入らない。かれこれ二時間経つ。

こちらから副大臣に電話をかけても、忙しいだの会議中だのと理由をつけて取り次ぎさえしてもらえず、ついに蘇芳は業《ごう》を煮やした。

「ここでいくら待っても無駄だ。もう一度議員会館へ行くぞ」

「蘇芳様、あと一時間お待ちになってみられませんか」

東吾に冷静に進言されて、己の短気さを自覚している蘇芳は逸る気持ちをどうにか抑えた。待たされることはあらかじめ了承している。議員会館に再び行っても、先方の態度は変わりはしないだろう。

苛立ちを鎮めるために、腕を組んで目を閉じる。

ロビーラウンジで見かけた男の後ろ姿が脳裡を過る。

ちらりと見ただけだったが、あれはやはりヴィクトルに違いない気がして心が騒ぐ。背格好も同じなら、スーツの着こなしぶりもそっくりだった。第一、あの端整な横顔は紛れもなくヴィクトルのものだ。他人のそら似とは思えない。

ヴィクトルも仕事だろうか。もしくは観光か。何か個人的な用事があってたまたまこの国に来ているだけならばいい。どうかそうであってほしい。

蘇芳は祈るような気持ちで願い、もうこれ以上は考えたくなくて頭を振った。

頭の片隅に張りついて離れない最悪の可能性、または結末に触れるのが恐ろしく、必死で目を背けた。それが真実なら、気がおかしくなりそうだった。

そのとき、部屋の電話が鳴りだした。

いきなりの電子音に蘇芳はビクッと大きく身を揺らし、目を見開いた。

三コール目が鳴る前に東吾が電話をとる。

「……はい、そうです。……は?」

緊迫した空気が辺りを包む。

東吾が困惑したまなざしを蘇芳に向けてきた。眉根をぐっと寄せ、信じがたい表情をする。

蘇芳はおもむろにソファから立ち上がると、ゆっくりとした大股で電話を受ける東吾に近づいていった。

貸せ、と顎をしゃくり、受話器を受け取る。

電話を耳に当てる前に大きく一つ息を吸い込んだ。

悪い予感はすべて当たっていた。

己の勘の確かさに、いっそ哄笑《こうしょう》したくなるほどだ。

「引き揚げるぞ」

電話を叩《たた》き切るなり蘇芳は努めて冷静な口調で東吾に声をかけた。

「蘇芳様!」

青ざめた顔を取り繕わぬまま東吾があとをついてくる。

「取り引きはすべて中止だ。工場建設計画は白紙、採掘用のプラントはそのまま後釜《あとがま》のドリィコープ社に売りつける。ブーゲディール政府がこちらに払う違約金は五十億でどうかと言ってきている」

「お待ちください、蘇芳様！　まさか承伏なさったのですか！　どのような事情があるにせよ、電話一本で契約解除とは、あまりにも無礼です」

今度ばかりは東吾も怒りと不快を隠さない。眼鏡の奥の目が激しく憤っている。

「ここはそういう国なんだ」

蘇芳は叩きつけるように言うと、エレベータを待つ間も厭《いと》って、十二階から一階ロビーまで非常階段を駆け下りる。

「これからどちらに行かれるおつもりですか？」

「東京《とうきょう》だ。おそらく着く前に父の耳にもこの顚末《てんまつ》が届いているだろう。呼びつけられる前に行って謝罪する。僕自身、死ぬほど後悔しているんだ。父に生傷を抉られたくない」

「生傷、ですか」

なんのことかと訝《いぶか》しそうに東吾は鸚鵡《おうむ》返しにする。

カンカンカンと階段室に二人の靴音が響く。

蘇芳も東吾も日頃から鍛錬しているので、息一つ乱していなかった。

「僕が馬鹿だった」

蘇芳は自嘲を込めて呟いた。

鉄製の非常扉を開けてロビーラウンジの隅に出る。

蘇芳は東吾を伴い、真っ直ぐにティーラウンジに向かった。

どうしても確認したいことがある。

観葉植物の葉陰からラウンジ内を覗き見る。

広々としたフロアにはみごとなペルシャ絨毯《じゅうたん》が敷かれ、どっしりとした布張りの肘掛け椅子やソファ、カウチなどがゆったりと配されている。どのテーブルも客で埋まっており、そろそろアフタヌーンティータイムも終わろうかとする頃合いだった。

目的の人物は中庭を臨む窓際の良席についていた。

「あれは……まさか」

東吾も気がつき、驚きの声を上げる。

「そうだ。僕もつい今しがた思い出した」

蘇芳は低い声で冷ややかに言った。視線の先にいるのは、身長が百六十そこそこしかない小太りの男だ。テーブルを囲んでいるのは、その男と、ヴィクトル・エレニ、そしてもう一人、野党代表のサヘルの三名だった。

「客室フロアに上がる前、ヴィクトルと一緒にあの背の低い男がここに入っていくところを偶然目にした。そのときはヴィクトルにばかり気をとられていて、頭が回らなかった。どこかで見たことのある顔だと思ったが、やはりサヘルの側近だったか」

「どういうことでしょう？　なぜここにエレニ氏が？」

「彼はサヘルと親しい間柄のようだな」

蘇芳は観葉植物の陰から出てホテルのエントランスに向かって歩きだす。

「やはり僕は彼に騙《だま》されていたらしい」

感情を凍らせ、淡々と口にする。

「あの男、本当にギリシャ系のアメリカ人なのか？」

すでに再三再四疑惑を持ち、東吾に徹底して調べさせたはずの素性をあらためて疑ってかからずにはいられなかった。

東吾は困惑し、言葉もなく恐縮する。返事のしようがなかったようだ。

ハイヤーに乗って空港に向かう間、車内には重苦しい沈黙が下りていた。

空港に到着して、プライベートジェットの準備が調うまでの間、蘇芳はターミナル内の特別待合室で仮眠をとった。

横になっていただけで、眠気はどうしても訪れてくれなかった。

ヴィクトルにまんまと騙されたのだ。

東吾には言わなかったが、蘇芳はヴィクトルがやはり産業スパイだったのだと確信的に疑っていた。

あの晩――ヴィクトルと最後に会った晩、蘇芳は初めて仕事の話をした。

そのとき、父がブーゲディール政府にも金をばらまいていると示唆《しさ》する発言をしてしまった。

ギリッと歯軋《はぎし》りする。

恋に目が眩《くら》んで警戒心を失い、敵に格好の付け入る隙を与えるなど、迂闊《うかつ》にもほどがある。

馬鹿と罵《ののし》られても一言たりと反論できない。

考えれば考えるほど感情が荒れ狂い、錯乱してしまいかねない心地がする。

ヴィクトルに「好きだ」と囁き、甘えた自分がちらりとでも頭を掠めると、手当たり次第に周囲にある物を投げつけたい衝動に駆られる。

屈辱のあまり舌を噛んで果てたいほど自分自身に怒りが湧く。

蘇芳は手のひらに爪が食い込むほどきつく拳を握った。

これが最初からヴィクトルの描いた筋書きなのか。

ヴィクトルが何者であれ、サヘルとなんらかの利害関係にあることは間違いない。

今考えられる限りにおいて最も可能性が高そうなのは、彼がドリィコープ社に雇われた産業スパイだという線だ。

蘇芳に近づき、親密になって油断させ、ブーゲディール首長国におけるレアアース採掘権を横取りするべく、槙村を追い落とすのに有効な情報を摑む。それが彼の本当の役割だったのではないか。

そのために蘇芳は初めて他人に対して抱いた恋情を利用されたのだ。

踏みにじられ、馬鹿にされた悔しさに、眩暈《めまい》がするほどの憤懣《ふんまん》が湧く。

好きだと囁く裏側でほくそ笑み、軽んじられていたのかと思うと、胸を搔《か》き毟《むし》りたいほど腹立たしく辛かった。

それにしても、なぜヴィクトルの正体がわからなかったのか。

最大の疑問が残る。

疑うだけ疑い、調べられるだけ調べた。

それでもヴィクトルの尻尾は摑めなかった。

むしろ彼は、自分のほうからも進んで正体を暴いてみろと挑発したのだ。そのくらい万全に仮面を被っていたことになる。

とうてい個人の仕業とは思えなかった。何か組織的な画策が働いていたに違いない。それも、国や政府が関わるような大掛かりなものだ。

ということは、ヴィクトルはただの産業スパイではなく、ブーゲディール首長国の政府関係者と考えるべきなのか。それも、野党党首サヘルお抱えの……？

「蘇芳様」

そのとき、出発の準備が調いました、と東吾が告げにきた。

プライベートジェットに搭乗し、午後七時過ぎに離陸する。

ジェット機内のラウンジルームのようにソファが円形に配された部屋で、蘇芳は今日初めてのシャンパンを口にした。

シャンパンは蘇芳にとって精神安定剤に近い役目を果たしているところがある。

いつもであればグラスに三杯程度までなら飲んでも酔わないが、今夜はさすがに参っていて、グラスを半分減らした段階で体が怠くなってきた。

身も心も疲弊しているのだろう。

考えなくてはならないことは山ほどあったが、その結果何が出てくるかわからない恐怖が強く、知りたい気持ちと知りたくない気持ちが激しく葛藤《かっとう》していた。

もうたくさんだ、と泣き言を言いたくなる。

最も蘇芳を参らせているのは、ヴィクトルに対して再燃させた、拭い去りようのない疑惑だった。どんな言い訳も解釈もできそうになく、最悪の事態への予感が蘇芳を責め立てる。

「失礼します」

そこにスチュワードが衛星電話を持ってきた。

東吾が受け取り、蘇芳に渡す。

もう何が起きても驚かない、と斜に構えていた蘇芳は、またもや信じられない連絡を受けて三度《みたび》奈落《ならく》に突き落とされた。

「蘇芳様っ？」

電話を持った手をだらりと下ろし、惚《ほう》けたように空を見つめる蘇芳に、東吾が不安でいっぱいの声をかけてくる。

ボトッと蘇芳の手から電話が床に落ちた。

東吾が拾い上げ、「もしもし」と話しかける。

電話はまだ切れていなかったらしく、東吾が「はい、葵です」と答える声が微《かす》かに聞こえてきた。すぐ傍にいるのに、東吾の声が遠い。靄がかかった森の中で姿の見えない相手の声を聞いているようだ。

「えっ？」

ひときわ鋭く叫んだ東吾の声が朦朧《もうろう》としかけていた蘇芳の意識を引き戻す。

「東吾」

蘇芳は東吾の腕を引き、そのままなりふりかまわず縋《すが》りつく。

「蘇芳様」

東吾も蘇芳の体を両腕で強く抱き竦めてくる。

東吾の胸板に顔を埋め、蘇芳は傷がつくほど唇を噛み締めた。

「聞いたか。たった今、父が逝ったそうだ」

「ええ、ええ」

東吾の声も湿っている。

総帥の死に衝撃を受けて、というより、蘇芳のどこにもぶつけようのない気持ちに同調し、せつなさでいっぱいになったようだ。

「僕のせいだ」

「そんなふうにお考えになってはいけません」

「レアアース採掘事業が中止になったと聞いて、僕に対する呪いの言葉を吐いた直後に心臓が止まったのだと言われてもか！」

蘇芳の叫びに東吾が息を呑む。

口に出して言った途端、堪えに堪えていた涙がいっきに溢れ出た。堰《せき》を切ったようにあとからあとから零れてきて、自分でもどうにもできなくなった。

後悔と同時にこのままでは決して終わらせないという強い決意が腹の底から湧いてくる。

声も出せずに東吾の胸を借りて泣きながら、蘇芳は怒りに打ち震えていた。

許さない。

ヴィクトルが自分を謀《たばか》り、最初から裏切るつもりで近づいてきたのだとすれば、絶対に許せなかった。

東吾はずっと蘇芳を抱き竦め、頭や背中を撫で続けてくれた。言葉は発しなかったが、それがかえってありがたく、東吾の深い情に感謝した。

どれくらいそうしていただろう。

涙を流し尽くし、頬が乾くと、蘇芳は目の腫れを気にしながら東吾から身を離した。

「今年の七月だ」

唐突に言って立ち上がる。

えっ、と東吾が蘇芳を見上げて眉を顰めた。気は確かかと一瞬心配したようだ。

蘇芳はかまわず、淡々と続けた。

怒りが昂じると感情は逆に鎮まっていく。

蘇芳の胸中に渦巻くのは報復してやるという強い決意だった。

「僕が出席した環境保全問題に関するフォーラムがあっただろう。せいぜい二百人程度の集まりだった。名簿を手に入れ、全員の身元を確かめろ」

蘇芳はもういつもの自分を取り戻していた。

この上なく冷ややかに、以前以上に心を閉ざし、胸の内で復讐を誓う。

「そのときの参加者の中にヴィクトル・エレニと名乗って僕に近づいてきた男がいる。おそらくドリィコープ社絡みかブーゲディール政府関係者か。あろうことか僕はあの男に槇村が慣習的に贈賄をしていることを話してしまった」

「では、今回の一件は、ヴィクトル・エレニが蘇芳様から得た情報を元に暗躍した結果だとおっしゃるのですか。サヘル側と結託し、ドリィコープ社に採掘権を取らせるための裏工作をした、と？」

「可能性はある。最初はドリィコープ社の回し者かと思ったが、それにしては素性の隠し方が完璧すぎる。個人や一企業だけの力ではまず不可能だ。そうだろう？　少なくともサヘルと知り合いであることは確かだ。あの男は僕の機嫌を取り、有益な情報を探っていただけではなく、槇村での自分の立場に対する僕の迷いに付け込んで、総帥との間に溝を作らせようと謀ったきらいもある。内部分裂を起こさせ、どさくさに紛れて利権を譲渡させようとしたのか。今回の贈収賄事件もサヘル側が裏で手を引いていたとしか思えないタイミングのよさだ。絶対にあの二人が無関係なはずがない」

蘇芳は東吾を見据え、躊躇いなく言い切った。

「東吾、何がどうなって槇村がみすみす出し抜かれるような不様な結果になったのか、今度こそ絶対に探り出せ。調べる範囲は狭まった。できないとは言わせない」

「はい、必ず」

東吾が畏《かしこ》まって頭を下げる。

ヴィクトル、首を洗って待っていろ。蘇芳は胸中で宣告した。

今度こそ正体を掴み、煮え湯を飲まされた礼を倍にして返してやる。

――そう誓うのだった。

あとがき

今回、初の続きものになりました。

一冊ずつ完結させていってシリーズとして巻数を重ねる形式では何作も執筆したことがあるのですが、ストーリー的にはっきり上下に分かれている話を書かせていただいたのは本作が初めてです。恋愛面でも事件面でもこれからというところで終わっていますが、完結編もさして間を空けずに発刊していただけそうですので、どうぞよろしくお願いいたします。

どちらかといえば長い話はあまり書かないほうなのですが、本著の主人公である蘇芳《すおう》さんは作者的に非常に筆の乗るキャラクターで、書いていて愉しくて仕方ありません。受さんでこれほど威張って偉そうな人は拙作群には見当たらないように思います。自信家のいばりんぼさんや無意識のうちに尊大な言動をするキャラクターはいるのですが、蘇芳さんはそれとはまたちょっと違う気がします。作中ヴィクトルの科白《せりふ》にもありますが、蘇芳さんの発言はいつも命令形で、とことん高飛車（笑）。こういう人が傷つけられて打ちのめされるところというのも、なかなか見応えがあるような。そんな気持ちも手伝ってできた一冊です。

下巻ではいよいよヴィクトルさんの正体もはっきりし、さらに地から足の離れたゴージャス設定をお楽しみいただきたいと思います。ぜひ続きもお手に取っていただけますと嬉しいです。

はちゃめちゃなまでのお金持ち設定も今回私が取り組ませていただいているテーマの一つです。こんなのないだろう、を極めてみたかった……。うまく表現できていればいいのですが、まだまだ突き抜けきれていない気もします。今後とも精進していく所存ですので、どうぞよろしくお願いいたします。

イラストは夏河《なつかわ》シオリ先生にお引き受けいただきました。硬質でスタイリッシュな印象のイラストに目が釘付けです。主人公二人はもちろん、東吾《とうご》やチーターまで素敵に描いていただきまして本当にありがとうございます。下巻もどうぞよろしくお願いいたします。

本書の制作・発行にご尽力くださいましたスタッフの皆さまにも深くお礼申し上げます。いつも大変お世話になっております。ありがとうございます。

最近はもっぱら飼い猫に夢中で、相変わらず観劇好きで、体重の増減に一喜一憂する毎日です。目新しいことはといえば夏頃から大人のためのはじめてのピアノ教室みたいなのに通い始めました。今のところ月二回。少しずつ弾けるようになれればいいなくらいの気持ちです。

それではまた次巻でお目にかかれますように。

遠野《とおの》春日《はるひ》拝

この本を読んでのご意見、ご感想を編集部までお寄せください。

《あて先》〒105－8055　東京都港区芝大門2－2－1　徳間書店　キャラ編集部気付

「獅子の系譜」係

■初出一覧
獅子の系譜……書き下ろし

Chara
獅子の系譜……【キャラ文庫】

2011年11月30日　初刷

著者　遠野春日
発行者　川田 修
発行所　株式会社徳間書店
〒105-8055　東京都港区芝大門2-2-1
電話048-451-5960（販売部）
03-5403-4348（編集部）
振替00140-0-44392

印刷・製本　図書印刷株式会社
カバー・口絵　株式会社廣済堂
デザイン　chiaki-k

ISBN978-4-19-900642-5

好評発売中

遠野春日の本
【華麗なるフライト】
イラスト◆麻々原絵里依

航空機開発のエリート・添嶋《そえじま》がある日、一目惚れした白皙の美貌の青年──。誘いをかけながらも、冷たく拒否された添嶋だが、数日後の空港でまさかの再会!?　その青年・瑞原《みずはら》はなんと、国際線の敏腕パイロットだった!!　制服に隠された禁欲的な物腰に、さらに征服欲を刺激された添嶋。飛行シミュレータの実験を口実に、瑞原を職場に呼び出すが──!?　大空翔るドラマティックLOVE!!

好評発売中

遠野春日の本

【管制塔の貴公子】

華麗なるフライト2

イラスト◆麻々原絵里依

高い塔から航空機を導く、空の水先案内人——。周防《すおう》は怜悧な美貌の管制官。そんな彼に声を掛けたのは、人を見透かす眼差しに自信が溢れる若き機長の松嶋《まつしま》。「空の上で聴く君の柔らかな声に惹かれていたけど、会うと予想以上に美人だ」そう言って強引に口説くくせに、時折縋るように気弱な顔を覗かせる——。その落差に周防は欲情を煽られて…!? 高度1万mの空と地上を繋ぐ、命がけの恋♥

好評発売中

遠野春日の本

【欲情の極華】

イラスト◆北沢きょう

次期組長と目されながら、内部抗争で組を追われた元極道の若頭——。重傷を負い行き場を失くした男・海棠《かいどう》を秘書に拾ったのは、青年実業家の真柴《ましば》だ。真柴がかつて組長の愛人だった頃、日夜淫らに抱かれるのを黙って見ていた海棠。きっと軽蔑されている——密かに負い目を感じつつ、真柴は「体の相手をしろ」と迫る。命じられるまま淡々と抱く海棠だが、なぜかその行為はいつも激しくて!?

好評発売中

遠野春日の本
【砂楼の花嫁】
イラスト◆円陣闇丸

全てを呑み込む乾いた大地、灼熱の太陽――。任務で砂漠の国を訪れた美貌の軍人・秋成《あきなり》が出会ったのは、第一王子のイズディハール。勇猛果敢で高潔なオーラを纏《まと》ったその姿に一目で心を奪われた秋成。ところが爆破テロ事件が発生、誤認逮捕されてしまう!!　孤立無援な捕虜となった秋成に救いの手を差し伸べたのは、なぜか王子その人で…!?　砂漠の王と身を焦がすドラマティックラブ♥